Contos
Eça de Queirós

COLEÇÃO A OBRA-PRIMA DE CADA AUTOR

Contos
Eça de Queirós

Texto integral

2ª edição

MARTIN CLARET

© *Copyright* desta edição: Editora Martin Claret Ltda., 2006.

Direção Martin Claret
Produção editorial Carolina Marani Lima
Flávia P. Silva
Marcelo Maia Torres
Projeto gráfico e diagramação Gabriele Caldas Fernandes
Giovana Gatti Leonardo
Direção de arte e capa José Duarte T. de Castro
Ilustração de capa Goran Bogicevic/Shutterstock
Revisão Julio Talhari
Impressão e acabamento Renovagraf

Este livro segue o novo Acordo Ortográfico da Língua Portuguesa.

Dados Internacionais de Catalogação na Publicação (CIP)
(Câmara Brasileira do Livro, SP, Brasil)

Queirós, Eça de, 1845-1900.
  Contos / Eça de Queirós. — 2. ed. — São Paulo: Martin Claret, 2013. — (Coleção a obra-prima de cada autor; 184)

  "Texto integral"
  ISBN 978-85-7232-651-3

  1. Contos portugueses I. Título. II. Série.

13-03974   CDD-869.3

Índices para catálogo sistemático:

1. Contos: Literatura portuguesa 869.3

EDITORA MARTIN CLARET LTDA.
Rua Alegrete, 62 – Bairro Sumaré
01254-010 – São Paulo, SP
Tel.: (11) 3672-8144
www.martinclaret.com.br
4ª reimpressão – 2018

Sumário

Prefácio 7

Contos

Conto 1: Civilização 13
Conto 2: José Matias 39
Conto 3: Singularidades de uma rapariga loura 61
Conto 4: Um poeta lírico 87
Conto 5: O defunto 99
Conto 6: Um dia de chuva 129
Conto 7: O suave milagre 153
Conto 8: No moinho 163

Apêndice

Contextualização da obra 177

Prefácio

Sobre *Contos*, de Eça de Queirós

Cristina Garófalo Porini[*]

O conto, por ser uma breve narrativa, é um gênero literário bastante convidativo aos leitores, e talvez seja esse o motivo por ser praticado desde que o homem dominou a escrita. Mesmo essa "brevidade" sendo discutível, afinal não há regra quanto à sua extensão, trata-se de uma narrativa em torno de apenas um núcleo dramático — a concisão é seu guia.

Devido à tal característica, é possível imaginar o quanto Eça de Queirós se desafiou em relação a esse gênero. Conhecido por romances cujas descrições são marcadamente detalhistas, o escritor conseguiu ser versátil o bastante para redigir uma boa quantidade — com qualidade — dessas pequenas narrativas ao longo de três décadas de vida, inclusive enquanto desempenhava suas atividades diplomáticas em Cuba, na Inglaterra e na França.

Dessa maneira, *Contos* é uma espécie de panorama da obra queirosiana. Constituído por oito histórias, sem que se siga a ordem cronológica de criação, a coletânea é iniciada por "Civilização", publicado em 1892, no jornal *Gazeta de Notícias*; esse conto é considerado uma preparação ao romance *A cidade e as serras*, de publicação póstuma, uma vez que ambos retratam Jacinto, um riquíssimo português ávido por tecnologia, símbolo da elite do final do século XIX.

---

[*] Graduada em Letras pela Universidade de São Paulo (USP) e em Relações Públicas pela Faculdade de Comunicação Social Cásper Líbero. É professora de Língua Portuguesa, Literatura e Redação no ensino médio e em cursos pré-vestibulares.

Em seguida, "José Matias" é um curioso diálogo entre o narrador e uma personagem, ambos a caminho do enterro de José Matias. Uma leitura mais atenta do conto aponta para a consideração de um texto paraliterário, ao contrapor as concepções artísticas do Romantismo e do Realismo. Foi publicado em 1897, na *Revista Moderna*.

"Singularidades de uma rapariga loura" é considerado pela crítica literária o primeiro conto realista português. Apesar de publicado em 1874, deu origem, em 2009, a um filme homônimo, português, dirigido por Manoel de Oliveira — o que comprova a pertinência de Eça de Queirós como grande nome da história da literatura.

De publicação póstuma, "Um poeta lírico" (1903) possui um enredo muito próximo ao da temática que lançou Eça de Queirós ao público, tanto no sucesso como na polêmica: a crítica à sociedade. Nesse caso, um grego não encontra seu lugar na sociedade inglesa do final do século XIX, metonimicamente retratada de modo bastante incômodo.

Afastando-se do Realismo, Eça de Queirós publicou "O defunto" em 1895. Seguindo a vertente da literatura fantástica, a exemplo de *O mandarim*, esse conto é considerado uma das melhores obras compostas pelo autor. Foi, inclusive, adaptado por canais televisivos lusitanos, a exemplo de "Singularidades de uma rapariga loura".

"Um dia de chuva" é mais uma narrativa publicada postumamente, inclusive de modo inacabado — o que se percebe pelo encerramento abrupto do enredo, causando inclusive estranhamento ao leitor. No entanto, não deixa de ser uma boa diversão: acompanha-se um dia de chuva na vida de um solteirão, José Ernesto: cansado de Lisboa, decide realizar um sonho antigo e comprar uma quinta na região norte de Portugal.

Representando a terceira fase da obra queirosiana, na qual o escritor se afasta dos preceitos realista-naturalistas, "O suave milagre", publicado em 1898, é de temática religiosa. Segundo a crítica especializada, esse é o ponto alto de outras duas narrativas anteriores, cujos enredos eram bastante próximos: "Outro amável milagre", de 1885, e "Um milagre", de 1897.

Finalmente, em "O moinho", também publicado postumamente, o leitor é conduzido de volta à temática mais conhecida de Eça de Queirós: assim como Luísa, de *O primo Basílio*, Maria da Piedade é uma mulher cuja transformação denuncia o que há de sórdido na sociedade portuguesa de então.

Inúmeros foram (e são) os grandes autores contistas: entre os brasileiros, "Noites na Taverna", do ultrarromântico Álvares de Azevedo, e as inúmeras coletâneas de Machado de Assis — o autor criou cerca de duzentos contos — são exemplos que não podem ser esquecidos. Da mesma maneira, o norte-americano Edgar Allan Poe e, já no século XX, o argentino Jorge Luís Borges ainda se fazem presentes em muitas estantes. Se os contos de fada ou os dos Irmãos Grimm, ao longo de tanto tempo, conseguem despertar o interesse pela leitura das crianças de diversas gerações, quando adultos novas tramas estão à disposição e, talvez, também ainda a descobrir. É o que sugere esta coletânea de contos de Eça de Queirós.

Contos

Conto 1

Civilização

I

Eu possuo preciosamente um amigo (o seu nome é Jacinto) que nasceu num palácio, com quarenta contos de renda em pingues terras de pão, azeite e gado.

Desde o berço, onde sua mãe, senhora gorda e crédula de Trás-os-Montes, espalhava, para reter as Fadas Benéficas, funcho e âmbar, Jacinto fora sempre mais resistente e são que um pinheiro das dunas. Um lindo rio, murmuroso e transparente, com um leito muito liso de areia muito branca, refletindo apenas pedaços lustrosos de um céu de verão ou ramagens sempre verdes e de bom aroma, não ofereceria, àquele que o descesse numa barca cheia de almofadas e de champanhe gelada, mais doçura e facilidades do que a vida oferecia ao meu camarada Jacinto. Não teve sarampo e não teve lombrigas. Nunca padeceu, mesmo na idade em que se lê Balzac e Musset, os tormentos da sensibilidade. Nas suas amizades foi sempre tão feliz como o clássico Orestes. Do amor só experimentara o mel — esse mel que o amor invariavelmente concede a quem o pratica, como as abelhas, com ligeireza e mobilidade. Ambição, sentira somente a de compreender bem as ideias gerais, e a "ponta do seu intelecto" (como diz o velho cronista medieval) não estava ainda romba nem ferrugenta... E todavia, desde os vinte e oito anos, Jacinto já se vinha repastando de Schopenhauer, do Eclesiastes, de outros pessimistas menores, e três, quatro vezes por dia, bocejava, com um bocejo cavo e lento, passando os dedos finos sobre as faces, como se nelas só palpasse palidez e ruína. Por quê?

Era ele, de todos os homens que conheci, o mais complexamente civilizado — ou antes aquele que se munira da mais vasta soma de civilização material, ornamental e intelectual. Nesse palácio (floridamente chamado o Jasmineiro) que seu pai, também Jacinto, construíra sobre uma honesta casa do século XVII, assoalhada a pinho e branqueada a cal — existia, creio eu, tudo quanto para bem do espírito ou da matéria os homens têm criado, através da incerteza e dor, desde que abandonaram o vale feliz de Septa-Sindu, a terra das Águas Fáceis, o doce país Ariano. A biblioteca, que em duas salas, amplas e claras como praças, forrava as paredes, inteiramente, desde os tapetes de Caramânia até o teto de onde, alternadamente, através de cristais, o sol e a eletricidade vertiam uma luz estudiosa e calma — continha vinte e cinco mil volumes, instalados em ébano, magnificamente revestidos de marroquim escarlate. Só sistemas filosóficos (e com justa prudência, para poupar espaço, o bibliotecário apenas colecionara os que irreconciliavelmente se contradizem) havia mil oitocentos e dezessete!

Uma tarde que eu desejava copiar um ditame de Adam Smith, percorri, buscando esse economista ao longo das estantes, oito metros de economia política! Assim se achava formidavelmente abastecido o meu amigo Jacinto de todas as obras essenciais da inteligência — e mesmo da estupidez. E o único inconveniente desse monumental armazém do saber era que todo aquele que lá penetrava, inevitavelmente lá adormecia, por causa das poltronas, que providas de finas pranchas móveis para sustentar o livro, o charuto, o lápis das notas, a taça de café, ofereciam ainda uma combinação oscilante e flácida de almofadas, onde o corpo encontrava logo, para mal do espírito, a doçura, a profundidade e a paz estirada de um leito.

Ao fundo, e como um altar-mor, era o gabinete de trabalho de Jacinto. A sua cadeira, grave e abacial, de couro, com brasões, datava do século XIV, e em torno dela pendiam numerosos tubos acústicos, que, sobre os panejamentos de seda cor de musgo e cor de hera, pareciam serpentes adormecidas e suspensas num velho muro de quinta. Nunca recordo sem assombro a sua mesa, recoberta toda de sagazes e sutis instrumentos para cortar papel, numerar páginas, colar estampilhas, aguçar lápis, raspar emendas, imprimir datas, derreter lacre, cintar documentos, carimbar contas! Uns de níquel, outros de aço, rebrilhantes e frios, todos eram de um manejo laborioso e lento: alguns, com as molas rígidas, as pontas vivas, trilhavam e feriam: e nas largas folhas de papel Whatman em que ele escrevia, e que custavam 500 réis, eu por vezes surpreendi gotas de sangue do meu amigo. Mas a todos ele considerava indispensáveis para compor as suas cartas (Jacinto não compunha obras), assim como os trinta e cinco dicionários, e os manuais, e as enciclopédias, e os guias, e os diretórios, atulhando uma estante isolada, esguia, em forma de torre, que silenciosamente girava sobre o seu pedestal, e que eu denominara o Farol. O que, porém, mais completamente imprimia àquele gabinete um portentoso caráter de civilização eram, sobre as suas peanhas de carvalho, os grandes aparelhos, facilitadores do pensamento — a máquina de escrever, os autocopistas, o telégrafo Morse, o fonógrafo, o telefone, o teatrofone, outros ainda, todos com metais luzidios, todos com longos fios. Constantemente sons curtos e secos retiniam no ar morno daquele santuário. Tic, tic, tic! Dlin, dlin, dlin! Crac, crac, crac! Trre, trre!... Era o meu amigo comunicando. Todos esses fios mergulhavam em forças universais, transmitiam forças universais. E elas nem sempre, desgraçadamente, se conservavam domadas e disciplinadas! Jacinto recolhera no fonógrafo a voz do conselheiro Pinto Porto, uma voz oracular e rotunda, no momento de exclamar com respeito, com autoridade:

— *Maravilhosa invenção! Quem não admirará os progressos deste século?*

Pois, numa doce noite de S. João, o meu supercivilizado amigo, desejando que umas senhoras parentas de Pinto Porto (as amáveis Gouveias) admirassem o fonógrafo, fez romper do bocarrão do aparelho, que parece uma trompa, a conhecida voz rotunda e oracular:

— *Quem não admirará os progressos deste século?*

Mas, inábil ou brusco, certamente desconsertou alguma mola vital — porque de repente o fonógrafo começa a redizer, sem descontinuação, interminavelmente, com uma sonoridade cada vez mais rotunda, a sentença do conselheiro:

— *Quem não admirará os progressos deste século?*

Debalde Jacinto, pálido, com os dedos trêmulos, torturava o aparelho. A exclamação recomeçava, rolava, oracular e majestosa:

— *Quem não admirará os progressos deste século?*

Enervados, retiramos para uma sala distante, pesadamente revestida de panos de Arrás. Em vão! A voz de Pinto Porto lá estava, entre os panos de Arrás, implacável e rotunda:

— *Quem não admirará os progressos deste século?*

Furiosos, enterramos uma almofada na boca do fonógrafo, atiramos por cima mantas, cobertores espessos, para sufocar a voz abominável. Em vão! Sob a mordaça, sob as grossas lãs, a voz rouquejava, surda, mas oracular:

— *Quem não admirará os progressos deste século?*

As amáveis Gouveias tinham abalado, apertando desesperadamente os xales sobre a cabeça. Mesmo à cozinha, onde nos refugiamos, a voz descia, engasgada e gosmosa:

— *Quem não admirará os progressos deste século?*

Fugimos espavoridos para a rua.
Era de madrugada. Um fresco bando de raparigas, de volta das fontes, passava cantando com braçados de flores:

Todas as ervas são bentas
Em manhã de S. João...

Jacinto, respirando o ar matinal, limpava as bagas lentas do suor. Recolhemos ao Jasmineiro, com o sol já alto, já quente. Muito de manso abrimos as portas, como no receio de despertar alguém. Horror! Logo da antecâmara percebemos sons estrangulados, roufenhos: *"admirará... progressos... século?..."*. Só de tarde um eletricista pôde emudecer aquele fonógrafo horrendo.

Bem mais aprazível (para mim) do que esse gabinete temerosamente atulhado de civilização — era a sala de jantar, pelo seu arranjo compreensível, fácil e íntimo. À mesa só cabiam seis amigos que Jacinto escolhia com critério na literatura, na arte e na metafísica, e que, entre as tapeçarias de Arrás, representando colinas, pomares e portos da Ática, cheias de classicismo e de luz, renovavam ali repetidamente banquetes que, pela sua intelectualidade, lembravam os de Platão. Cada garfada se cruzava com um pensamento ou com palavras destramente arranjadas em forma de pensamento.

E a cada talher correspondiam seis garfos, todos de feitios dessemelhantes e astuciosos: um para as ostras, outro para o peixe, outro para as carnes, outro para os legumes, outro para a fruta, outro para o queijo. Os copos, pela diversidade dos contornos e das cores, faziam, sobre a toalha mais reluzente que esmalte, como ramalhetes silvestres espalhados por cima de neve. Mas Jacinto e os seus filósofos, lembrando o que o experiente Salomão ensina sobre as ruínas e amarguras do vinho, bebiam apenas em três gotas de água uma gota de Bordéus (Chateaubriand, 1860). Assim o recomendam — Hesíodo no seu Nereu, e Díocles nas suas Abelhas. E de águas havia sempre no Jasmineiro um luxo redundante — águas geladas, águas carbonatadas, águas esterilizadas, águas gasosas, águas de sais, águas minerais, outras ainda, em garrafas sérias, com tratados terapêuticos impressos no rótulo... O cozinheiro, mestre Sardão, era daqueles que Anaxágoras equiparava aos retóricos, aos oradores, a todos os que sabem a arte divina de "temperar e servir a Ideia": e em Síbaris, cidade do Viver Excelente, os magistrados teriam votado a mestre Sardão, pelas festas de Juno Lacínia, a coroa de folhas de ouro e a túnica Milésia que se devia aos benfeitores cívicos. A sua sopa de alcachofras e ovas de carpa; os seus filés de veado macerados em molho madeira com purê de nozes; as suas amoras geladas em éter, outros acepipes ainda, numerosos e profundos (e os únicos que tolerava o meu Jacinto) eram obras de um artista, superior pela abundância das ideias novas — e juntavam sempre a raridade do sabor à magnificência da forma. Tal prato desse mestre incomparável parecia, pela ornamentação, pela graça florida dos lavores, pelo arranjo dos coloridos frescos e cantantes, uma joia esmaltada do cinzel de Cellini ou Meurice. Quantas tardes eu desejei fotografar aquelas composições de excelente fantasia, antes que o trinchante as retalhasse! E essa superfinidade do comer condizia deliciosamente com a do servir. Por sobre um tapete, mais fofo e mole que o musgo da floresta da Brocelianda, deslizavam, como sombras fardadas de branco, cinco criados e um pajem preto, à maneira vistosa do século XVIII. As travessas (de prata) subiam da cozinha e da copa por dois ascensores: um para as iguarias quentes, forrado de tubos onde a água fervia; outro, mais lento, para as iguarias frias, forrado de zinco, amônia e sal, e ambos escondidos por flores tão densas e viçosas que era como se até a sopa saísse fumegando dos românticos jardins de Armida. E muito bem me lembro de um domingo de maio em que, jantando com Jacinto um bispo, o erudito bispo de Corazim, o peixe emperrou no meio do ascensor, sendo necessário que acudissem, para o extrair, pedreiros com alavancas.

II

Nas tardes em que havia "banquete de Platão" (que assim denominávamos essas festas de trufas e ideias gerais), eu, vizinho e íntimo, aparecia ao declinar do sol, e subia familiarmente aos quartos do nosso Jacinto — onde o encontrava sempre incerto entre as suas casacas, porque as usava alternadamente de seda, de pano, de flanelas Jaegher e de *foulard* das Índias. O quarto respirava o frescor e aroma do jardim por duas vastas janelas, providas magnificamente (além das cortinas de seda mole Luís XV) de uma vidraça exterior de cristal inteiro, de uma vidraça interior de cristais miúdos, de um toldo rolando na cimalha, de um estore de sedinha frouxa, de gases que franziam e se enrolavam como nuvens e de uma gelosia móvel de gradaria mourisca. Todos esses resguardos (sábia invenção de Holland & Cia., de Londres) serviam a graduar a luz e o ar — segundo os avisos de termômetros, barômetros e higrômetros, montados em ébano, e a que um meteorologista (Cunha Guedes) vinha, todas as semanas, verificar a precisão.

Entre essas duas varandas rebrilhava a mesa de *toilette*, uma mesa enorme de vidro, toda de vidro, para a tornar impenetrável aos micróbios, e coberta de todos esses utensílios de asseio e alinho que o homem do século XIX necessita numa capital, para não desfear o conjunto suntuário da civilização. Quando o nosso Jacinto, arrastando as suas engenhosas chinelas de pelica e seda, se acercava dessa ara — eu, bem aconchegado num divã, abria com indolência uma revista, ordinariamente a *Revista Electropática*, ou a das *Indagações Psíquicas*. E Jacinto começava... Cada um desses utensílios de aço, de marfim, de prata, impunham ao meu amigo, pela influência onipoderosa que as coisas exercem sobre o dono (*sunt tyrannix rerum*) o dever de o utilizar com aptidão e deferência. E assim as operações do alindamento de Jacinto apresentavam a prolixidade, reverente e insuprimível, dos ritos de um sacrifício.

Começava pelo cabelo... Com uma escova chata, redonda e dura, acamava o cabelo, corredio e louro, no alto, aos lados da risca; com uma escova estreita e recurva, à maneira do alfanje de um persa, ondeava o cabelo sobre a orelha; com uma escova côncava, em forma de telha, empastava o cabelo, por trás, sobre a nuca... Respirava e sorria. Depois, com uma escova de longas cerdas, fixava o bigode; com uma escova leve e flácida acurvava as sobrancelhas; com uma escova feita de penugem regularizava as pestanas. E, desse modo, Jacinto ficava diante do espelho, passando pelos sobre o seu pelo, durante catorze minutos.

Penteado e cansado, ia purificar as mãos. Dois criados, ao fundo, manobravam com perícia e vigor os aparelhos do lavatório — que era apenas um resumo dos maquinismos monumentais da sala de banho. Ali, sobre o mármore verde e róseo do lavatório, havia apenas duas duchas (quente e fria) para a cabeça; quatro jatos, graduados desde zero até cem graus; o vaporizador de perfumes; a fonte de água esterilizada (para os dentes); o repuxo para a barba; e ainda torneiras que rebrilhavam e botões de ébano que, de leve roçados, desencadeavam o marulho e o estridor de torrentes nos Alpes... Nunca eu, para molhar os dedos, me cheguei àquele lavatório sem terror — escarmentado da tarde amarga de janeiro em que bruscamente, dessoldada a torneira, o jato de água a cem graus rebentou, silvando e fumegando, furioso, devastador... Fugimos todos, espavoridos. Um clamor atroou o Jasmineiro. O velho Grilo, escudeiro que fora do Jacinto pai, ficou coberto de empolas na face, nas mãos fiéis.

Quando Jacinto acabava de se enxugar, laboriosamente, com toalhas de felpo, de linho, de corda entrançada (para restabelecer a circulação), de seda frouxa (para lustrar a pele), bocejava, com um bocejo cavo e lento.

E era esse bocejo, perpétuo e vago, que nos inquietava a nós, seus amigos e filósofos. Que faltava a esse homem excelente? Ele tinha a sua inabalável saúde de pinheiro bravo, crescido nas dunas; uma luz da inteligência, própria a tudo alumiar, firme e clara sem tremor ou morrão; quarenta magníficos contos de renda; todas as simpatias de uma cidade chasqueadora e cética; uma vida varrida de sombras, mais liberta e lisa do que um céu de verão... E todavia bocejava constantemente, palpava na face, com os dedos finos, a palidez e as rugas. Aos trinta anos Jacinto corcovava, como sob um fardo injusto! E, pela morosidade desconsolada de toda a sua ação, parecia ligado, desde os dedos até à vontade, pelas malhas apertadas de uma rede que se não via e que o travava. Era doloroso testemunhar o fastio com que ele, para apontar um endereço, tomava o seu lápis pneumático, a sua pena elétrica — ou, para avisar o cocheiro, apanhava o tubo telefônico!... Nesse mover lento do braço magro, nos vincos que lhe arrepanhavam o nariz, mesmo nos seus silêncios, longos e derreados, se sentia o brado constante que lhe ia na alma: "Que maçada!". Que maçada! Claramente a vida era para Jacinto um cansaço — ou por laboriosa e difícil, ou por desinteressante e oca. Por isso o meu pobre amigo procurava constantemente juntar à sua vida novos interesses, novas facilidades. Dois inventores, homens de muito zelo e pesquisa, estavam encarregados, um na Inglaterra, outro na América, de lhe noticiar e de lhe fornecer todas as invenções, as mais miúdas, que concorressem a aperfeiçoar a confortabilidade do Jasmineiro. De resto, ele próprio se correspondia com Édison. E pelo lado do pensamento, Jacinto não cessava também de buscar interesses e emoções que o reconciliassem com a vida — penetrando, à cata dessas emoções e desses interesses, pelas veredas mais desviadas do saber, a ponto de devorar, de janeiro a março, setenta e sete volumes sobre a evolução das ideias morais entre as raças negroides. Ah! Nunca homem deste século batalhou mais esforçadamente contra a seca de viver! Debalde! Mesmo de explorações tão cativantes como essa, através da moral dos negroides, Jacinto regressava mais murcho, com bocejos mais cavos!

E era então que ele se refugiava intensamente na leitura de Schopenhauer e do Eclesiastes. Por quê? Sem dúvida porque ambos esses pessimistas o confirmavam nas conclusões que ele tirava de uma experiência paciente e rigorosa: "que tudo é vaidade ou dor, que quanto mais se sabe, mais se pena, e que ter sido rei de Jerusalém e obtido os gozos todos na vida só leva a maior amargura...". Mas por que rolara assim a tão escura desilusão — o saudável, rico, sereno e intelectual Jacinto? O velho escudeiro Grilo pretendia que "Sua Excelência sofresse de fartura!".

III

Ora, justamente depois desse inverno, em que ele se embrenhara na moral dos negroides e instalara a luz elétrica entre os arvoredos do jardim, sucedeu que Jacinto teve a necessidade moral iniludível de partir para o Norte, para o seu velho solar de Torges. Jacinto não conhecia Torges e foi com desusado tédio que ele se preparou, durante sete semanas, para essa jornada agreste. A quinta fica nas serras — e a rude casa solarenga, onde ainda resta uma torre do século XV, estava ocupada, havia trinta anos, pelos caseiros, boa gente de trabalho, que comia o seu caldo entre a fumaraça da lareira e estendia o trigo a secar nas salas senhoriais.

Jacinto, logo no começo de março, escrevera cuidadosamente ao seu procurador Sousa, que habitava a aldeia de Torges, ordenando-lhe que compusesse os telhados, caiasse os muros, envidraçasse as janelas. Depois mandou expedir, por comboios rápidos, em caixotes que transpunham a custo os portões do Jasmineiro, todos os confortos necessários a duas semanas de montanha — camas de penas, poltronas, divãs, lâmpadas de Carcel, banheiras de níquel, tubos acústicos para chamar os escudeiros, tapetes persas para amaciar os soalhos. Um dos cocheiros partiu com um cupê, uma vitória, um breque, mulas e guizos.

Depois foi o cozinheiro, com a bateria, a garrafeira, a geleira, bocais de trufas, caixas profundas de águas minerais. Desde o amanhecer, nos pátios largos do palacete, se pregava, se martelava, como na construção de uma cidade. E as bagagens, desfilando, lembravam uma página de Heródoto ao narrar a invasão persa. Jacinto emagrecera com os cuidados daquele êxodo. Por fim, largamos numa manhã de junho, com o Grilo e trinta e sete malas.

Eu acompanhava Jacinto no meu caminho para Guiães, onde vive minha tia, a uma légua farta de Torges; e íamos num vagão reservado, entre vastas almofadas, com perdizes e champanhe num cesto. Ao meio da jornada devíamos mudar de comboio — nessa estação, que tem um nome sonoro em ola e um tão suave e cândido jardim de roseiras brancas. Era domingo de imensa poeira e sol — e encontramos aí, enchendo a plataforma estreita, todo um povaréu festivo que vinha da romaria de S. Gregório da Serra.

Para aquele trasbordo, em tarde de arraial, o horário só nos concedia três minutos avaros. O outro comboio já esperava, rente aos alpendres, impaciente e silvando. Uma sineta badalava com furor. E, sem mesmo atender às lindas moças que ali saracoteavam, aos bandos, afogueadas, de lenços flamejantes, o seio farto coberto de ouro, e a imagem do santo espetada no chapéu — corremos, empurramos, furamos, saltamos para o outro vagão, já reservado, marcado por um cartão com as iniciais de Jacinto. Imediatamente o trem rolou. Pensei então no nosso Grilo, nas trinta e sete malas! E debruçado na portinhola avistei ainda, junto ao cunhal da estação, sob os eucaliptos, um monte de bagagens e homens de boné agaloado que, diante delas, bracejavam com desespero.

Murmurei, recaindo nas almofadas:

— Que serviço!

Jacinto, ao canto, sem descerrar os olhos, suspirou:

— Que maçada!

Toda uma hora deslizamos lentamente entre trigais e vinhedo; e ainda o sol batia nas vidraças, quente e poeirento, quando chegamos à estação de Gondim, onde o procurador de Jacinto, o excelente Sousa, nos devia esperar com cavalos para treparmos a serra até o solar de Torges. Por trás do jardim da estação, todo florido também de rosas e margaridas, Jacinto reconheceu logo as suas carruagens ainda empacotadas em lona.

Mas quando nos apeamos no pequeno cais branco e fresco — só houve em torno de nós solidão e silêncio... Nem procurador, nem cavalos! O chefe da estação, a quem eu perguntara com ansiedade "se não aparecera ali o senhor Sousa, se não conhecia o senhor Sousa", tirou afavelmente o seu boné de galão. Era um moço gordo e redondo, com cores de maçã camoesa, que trazia sob o braço um volume de versos. "Conhecia perfeitamente o senhor Sousa! Três semanas antes jogara ele a manilha com o senhor Sousa! Nessa tarde, porém, infelizmente, não avistara o senhor Sousa!". O comboio desaparecera por detrás das fragas altas que ali pendem sobre o rio. Um carregador enrolava o cigarro, assobiando. Rente da grade do jardim, uma velha, toda de negro, dormitava agachada no chão, diante de uma cesta de ovos. E o nosso Grilo, e as nossas bagagens?...

O chefe encolheu risonhamente os ombros nédios. Todos os nossos bens tinham encalhado, decerto, naquela estação de roseiras brancas que tem um nome sonoro em ola. E nós ali estávamos, perdidos na serra agreste, sem procurador, sem cavalos, sem Grilo, sem malas.

Para que esfiar miudamente o lance lamentável? Ao pé da estação, numa quebrada da serra, havia um casal foreiro à quinta, onde alcançamos, para nos levarem e nos guiarem a Torges, uma égua lazarenta, um jumento branco, um rapaz e um podengo. E aí começamos a trepar, enfastiadamente, esses caminhos agrestes — os mesmos, decerto, por onde vinham e iam, de monte a rio, os Jacintos do século XV. Mas, passada uma trêmula ponte de pau que galga um ribeiro todo quebrado por fragas (e onde abunda a truta adorável), os nossos males esqueceram, ante a inesperada, incomparável beleza daquela serra bendita. O divino artista que está nos céus compusera, certamente, esse monte numa das suas manhãs de mais solene e bucólica inspiração.

A grandeza era tanta como a graça... Dizer os vales fofos de verdura, os bosques quase sacros, os pomares cheirosos e em flor, a frescura das águas cantantes, as ermidinhas branqueando nos altos, as rochas musgosas, o ar de uma doçura de paraíso, toda a majestade e toda a lindeza — não é para mim, homem de pequena arte. Nem creio mesmo que fosse para mestre Horácio. Quem pode dizer a beleza das coisas, tão simples e inexprimível? Jacinto adiante, na égua tarda, murmurava:

— Ah! Que beleza!

Eu atrás, no burro, com as pernas bambas, murmurava:

— Ah! Que beleza!

Os espertos regatos riam, saltando de rocha em rocha. Finos ramos de arbustos floridos roçavam as nossas faces, com familiaridade e carinho. Muito tempo um melro nos seguiu, de choupo para castanheiro, assobiando os nossos louvores. Serra bem acolhedora e amável... Ah! Que beleza!

Por entre "ahs" maravilhados chegamos a uma avenida de faias, que nos pareceu clássica e nobre. Atirando uma nova vergastada ao burro e à égua, o nosso rapaz, com o seu podengo ao lado, gritava:

— Aqui é que *estemos*!

E ao fundo das faias havia, com efeito, um portão de quinta, que um escudo de armas de velha pedra, roída de musgo, grandemente afidalgava. Dentro já os cães ladravam com furor. E mal Jacinto e eu, atrás dele no burro de Sancho, transpusemos o limiar solarengo, correu para nós, do alto da escadaria, um homem branco, rapado como um clérigo, sem colete, sem jaleca, que erguia para o ar, num assombro, os braços desolados. Era o caseiro, o Zé Brás. E logo ali, nas pedras do pátio, entre o latir dos cães, surdiu uma tumultuosa história, que o pobre Brás balbuciava, aturdido, e que enchia a face de Jacinto de lividez e de cólera. O caseiro não esperava Sua Excelência. Ninguém esperava Sua Excelência (ele dizia "inselência").

O procurador, o senhor Sousa, estava para a raia desde maio, a tratar a mãe que levara um coice de mula. E decerto houvera engano, cartas perdidas... Porque o senhor Sousa só contava com Sua Excelência em setembro, para a vindima. Na casa nenhuma obra começara. E, infelizmente para Sua Excelência, os telhados ainda estavam sem telhas, e as janelas sem vidraças...

Cruzei os braços, num justo espanto. Mas os caixotes — esses caixotes remetidos para Torges, com tanta prudência, em abril, repletos de colchões, de regalos, de civilização?... O caseiro, vago, sem compreender, arregalava os olhos miúdos onde já bailavam lágrimas. Os caixotes?! Nada chegara, nada aparecera. E na sua perturbação, o Zé Brás procurava entre as arcadas do pátio, nas algibeiras das pantalonas... Os caixotes? Não, não tinha os caixotes!

Foi então que o cocheiro de Jacinto (que trouxera os cavalos e as carruagens) se acercou, gravemente. Esse era um civilizado — e acusou logo o governo. Já quando ele servia o senhor visconde de S. Francisco, se tinham assim perdido, por desleixo do governo, da cidade para a serra, dois caixotes com vinho velho da Madeira e roupa branca de senhora. Por isso, ele, escarmentado, sem confiança na nação, não largara as carruagens — e era tudo o que restava a Sua Excelência: o breque, a vitória, o cupê e os guizos. Somente, naquela rude montanha, não havia estradas onde elas rolassem. E como só podiam subir para a quinta em grandes carros de bois — ele lá as deixara embaixo, na estação, quietas, empacotadas na lona...

Jacinto ficara plantado diante de mim, com as mãos nos bolsos:

— E agora?

Nada restava senão recolher, cear o caldo do tio Zé Brás e dormir nas palhas que os fados nos concedessem. Subimos. A escadaria nobre conduzia a uma varanda, toda coberta, em alpendre, acompanhando a fachada do casarão, e ornada, entre os seus grossos pilares de granito, por caixotes cheios de terra, em que floriam cravos. Colhi um cravo. Entramos. E o meu pobre Jacinto contemplou, enfim, as salas do seu solar! Eram enormes, com as altas paredes rebocadas a cal que o tempo e o abandono tinham enegrecido, e vazias, desoladamente nuas, oferecendo apenas como vestígio de habitação e de vida, pelos cantos, algum monte de cestos ou algum molho de enxadas. Nos tetos remotos de carvalho negro alvejavam manchas — que era o céu já pálido do fim da tarde, surpreendido através dos buracos do telhado. Não restava uma vidraça. Por vezes, sob os nossos passos, uma tábua podre rangia e cedia.

Paramos, enfim, na última, a mais vasta, onde havia duas arcas tulheiras para guardar o grão; e aí depusemos, melancolicamente, o que nos ficara de trinta e sete malas — os paletós alvadios, uma bengala e um *Jornal da Tarde*. Através das janelas desvidraçadas, por onde se avistavam copas de arvoredos e as serras azuis de além-rio, o ar entrava, montesino e largo, circulando plenamente como em um eirado, com aromas de pinheiro bravo. E lá, debaixo dos vales, subia, desgarrada e triste, uma voz de pegureira cantando. Jacinto balbuciou:

— É horroroso!

Eu murmurei:

— É campestre!

IV

O Zé Brás, no entanto, com as mãos na cabeça, desaparecera a ordenar a ceia para "suas inselências". O pobre Jacinto, esbarrondado pelo desastre, sem resistência contra aquele brusco desaparecimento de toda a civilização, caíra pesadamente sobre o poial de uma janela e dali olhava os montes. E eu, a quem aqueles ares serranos e o cantar do pegureiro sabiam bem, terminei por descer à cozinha, conduzido pelo cocheiro, através das escadas e becos, onde a escuridão vinha menos do crepúsculo do que de densas teias de aranha.

A cozinha era uma espessa massa de tons e formas negras, cor de fuligem, onde refulgia ao fundo, sobre o chão de terra, uma fogueira vermelha que lambia grossas panelas de ferro e se perdia em fumarada pela grade escassa que no alto coava a luz. Aí um bando alvoroçado e palreiro de mulheres depenava frangos, batia ovos, escarolava arroz, com santo fervor... Do meio delas o bom caseiro, estonteado, investiu para mim jurando que "a ceia de *suas inselências* não demorava um credo". E como eu o interrogava a respeito de camas, o digno Brás teve um murmúrio vago e tímido sobre "enxergazinhas no chão".

— É o que basta, senhor Zé Brás — acudi eu para o consolar.

— Pois assim Deus seja servido! — suspirou o homem excelente, que atravessava, nessa hora, o transe mais amargo da sua vida serrana.

Voltando acima, com essas consolantes novas de ceia e cama, encontrei ainda o meu Jacinto no poial da janela, embebendo-se todo da doce paz crepuscular, que lenta e caladamente se estabelecia sobre vale e monte. No alto já tremeluzia uma estrela, a Vésper diamantina, que é tudo o que neste céu cristão resta do esplendor corporal de Vênus! Jacinto nunca considerara bem aquela estrela — nem assistira a esse majestoso e doce adormecer das coisas. Esse enegrecimento de montes e arvoredos, casais claros fundindo-se na sombra, um toque dormente de sino que vinha pelas quebradas, o cochichar das águas entre relvas baixas — eram para ele como iniciações. Eu estava defronte, no outro poial. E senti-o suspirar como um homem que enfim descansa.

Assim nos encontrou nessa contemplação o Zé Brás, com o doce aviso de que estava na mesa a "ceiazinha". Era adiante, noutra sala mais nua, mais negra. E aí, o meu supercivilizado Jacinto recuou com um pavor genuíno. Na mesa de pinho, recoberta com uma toalha de mãos, encostada à parede sórdida, uma vela de sebo meio derretida num castiçal de latão, alumiava dois pratos de louça amarela, ladeados por colheres de pau e por garfos de ferro. Os copos, de vidro grosso e baço, conservavam o tom roxo do vinho que neles passara em fartos anos de fartas vindimas. O covilhete de barro com as azeitonas deleitaria, pela sua singeleza ática, o coração de Diógenes. Na larga broa estava cravado um facalhão... Pobre Jacinto!

Mas lá abancou resignado, e muito tempo, pensativamente, esfregou com o seu lenço o garfo negro e a colher de pau. Depois, mudo, desconfiado, provou um gole curto do caldo, que era de galinha e recendia. Provou, e levantou para mim, seu companheiro e amigo, uns olhos largos que luziam, surpreendidos. Tornou a sorver uma colherada de caldo, mais cheia, mais lenta... E sorriu, murmurando com espanto:

— Está bom!

Estava realmente bom: tinha fígado e tinha moela; o seu perfume enternecia. Eu, três vezes, com energia, ataquei aquele caldo; foi Jacinto que rapou a sopeira. Mas já, arredando a broa, arredando a vela, o bom Zé Brás pousara na mesa uma travessa vidrada, que transbordava de arroz com favas. Ora, apesar de a fava (que os gregos chamaram cibório) pertencer às épocas superiores da civilização e promover tanto a sapiência que havia em Sício, na Galácia, um templo dedicado a Minerva Ciboriana, Jacinto sempre detestara favas. Tentou todavia uma garfada tímida. De novo os seus olhos, alargados pelo assombro, procuraram os meus. Outra garfada, outra concentração... E eis que o meu dificílimo amigo exclama:

— Está ótimo!

Eram os picantes ares da serra? Era a arte deliciosa daquelas mulheres que embaixo remexiam as panelas, cantando o "Vira, meu bem"? Não sei — mas os louvores de Jacinto a cada travessa foram ganhando em amplidão e firmeza. E diante do frango louro, assado no espeto de pau, terminou por bradar:

— Está divino!

Nada porém o entusiasmou como o vinho, o vinho caindo do alto, da grossa caneca verde, um vinho gostoso, penetrante, vivo, quente, que tinha em si mais alma que muito poema ou livro santo! Mirando à luz de sebo o copo rude que ele orlava de espuma, eu recordava o dia geórgico em que Virgílio, em casa de Horácio, sob a ramada, cantava o fresco palhete da Rética. E Jacinto, com uma cor que eu nunca vira na sua palidez schopenháurica, sussurrou logo o doce verso:

— *Rethica quo te carmina dicat.*

Quem dignamente te cantará, vinho daquelas serras?!

Assim jantamos deliciosamente, sob os auspícios do Zé Brás. E depois voltamos para as alegrias únicas da casa, para as janelas desvidraçadas, a contemplar silenciosamente um suntuoso céu de verão, tão cheio de estrelas que todo ele parecia uma densa poeirada de ouro vivo, suspensa, imóvel, por cima dos montes negros. Como eu observei ao meu Jacinto, na cidade nunca se olham os astros por causa dos candeeiros — que os ofuscam; e nunca se entra por isso numa completa comunhão com o universo. O homem nas capitais pertence à sua casa, ou se o impelem fortes tendências de sociabilidade, ao seu bairro. Tudo o isola e o separa da restante natureza — os prédios obstrutores de seis andares, a fumaça das chaminés, o rolar moroso e grosso dos ônibus, a trama encarceradora da vida urbana... Mas que diferença, num cimo de monte, como Torges! Aí todas essas belas estrelas olham para nós de perto, rebrilhando, à maneira de olhos conscientes, umas fixamente, com sublime indiferença, outras ansiosamente, com uma luz que palpita, uma luz que chama, como se tentassem revelar os seus segredos ou compreender os nossos... E é impossível não sentir uma solidariedade perfeita entre esses imensos mundos e os nossos pobres corpos. Todos somos obra da mesma vontade. Todos vivemos da ação dessa vontade imanente. Todos, portanto, desde os Uranos até os Jacintos, constituímos modos diversos de um ser único, e através das suas transformações somamos na mesma unidade. Não há ideia mais consoladora do que esta — que eu, e tu, e aquele monte, e o sol que, agora, se esconde, somos moléculas do mesmo Todo, governadas pela mesma Lei, rolando para o mesmo Fim. Desde logo se somem as responsabilidades torturantes do individualismo. Que somos nós? Formas sem força, que uma Força impele. E há um descanso delicioso nessa certeza, mesmo fugitiva, de que se é o grão de pó irresponsável e passivo que vai levado no grande vento, ou a gota perdida na torrente! Jacinto concordava, sumido na sombra. Nem ele nem eu sabíamos os nomes desses astros admiráveis. Eu, por causa da maciça e indesbastável ignorância de bacharel, com que saí do ventre de Coimbra, minha mãe espiritual. Jacinto, porque na sua ponderosa biblioteca tinha trezentos e dezoito tratados sobre astronomia! Mas que nos importava, de resto, que aquele astro além se chamasse Sírio e aquele outro Aldebarã? Que lhes importava a eles que um de nós fosse José e o outro Jacinto? Éramos formas transitórias do mesmo ser eterno — e em nós havia o mesmo Deus. E se eles também assim o compreendiam, estávamos ali, nós à janela num casarão serrano, eles no seu maravilhoso infinito, perfazendo um ato sacrossanto, um perfeito ato de Graça — que era sentir conscientemente a nossa unidade e realizar, durante um instante, na consciência, a nossa divinização.

Assim enevoadamente filosofávamos — quando Zé Brás, com uma candeia na mão, veio avisar que "estavam preparadas as camas de *suas inselências*...". Da idealidade descemos gostosamente à realidade, e que vimos então nós, os irmãos dos astros? Em duas salas tenebrosas e côncavas, duas enxergas, postas no chão, a um canto, com duas cobertas de chita; à cabeceira um castiçal de latão, pousado sobre um alqueire; e aos pés, como lavatório, um alguidar vidrado em cima de uma cadeira de pau!

Em silêncio, o meu supercivilizado amigo palpou a sua enxerga e sentiu nela a rigidez de um granito. Depois, correndo pela face descaída os dedos murchos, considerou que, perdidas as suas malas, não tinha nem chinelas nem roupão! E foi ainda o Zé Brás que providenciou, trazendo ao pobre Jacinto, para ele desafogar os pés, uns tremendos tamancos de pau, e para ele embrulhar o corpo, docemente educado em Síbaris, uma camisa da caseira, enorme, de estopa mais áspera que estamenha de penitente, e com folhos crespos e duros como lavores em madeira... Para o consolar, lembrei que Platão, quando compunha o *Banquete*, Xenofonte, quando comandava os Dez Mil, dormiam em piores catres. As enxergas austeras fazem as fortes almas — e é só vestido de estamenha que se penetra no Paraíso.

— Tem você — murmurou o meu amigo, desatento e seco — alguma coisa que eu leia?... Eu não posso adormecer sem ler!

Eu possuía apenas o número do *Jornal da Tarde* que rasguei pelo meio e partilhei com ele fraternalmente. E quem não viu então Jacinto, senhor de Torges, acaçapado à borda da enxerga, junto da vela que pingava sobre o alqueire, com os pés nus encafuados nos grossos socos, perdido dentro da camisa da patroa, toda em folhos, percorrendo na metade do *Jornal da Tarde*, com os olhos turvos, os anúncios dos paquetes — não pode saber o que é uma vigorosa e real imagem do desalento!

Assim o deixei — e daí a pouco, estendido na minha enxerga também espartana, subia, através de um sonho jovial e erudito, ao planeta Vênus, onde encontrava, entre os olmos e os ciprestes, num vergel, Platão e Zé Brás, em alta camaradagem intelectual, bebendo o vinho da Rética pelos copos de Torges! Travamos todos três bruscamente uma controvérsia sobre o século XIX. Ao longe, por entre uma floresta de roseiras mais altas que carvalhos, alvejavam os mármores de uma cidade e ressoavam cantos sacros. Não recordo o que Xenofonte sustentou acerca da civilização e do fonógrafo. De repente tudo foi turbado por fuscas nuvens, através das quais eu distinguia Jacinto, fugindo num burro que ele impelia furiosamente com os calcanhares, com uma vergasta, com berros, para os lados do Jasmineiro!

V

Cedo, de madrugada, sem rumor, para não despertar Jacinto, que, com as mãos sobre o peito, dormia placidamente no seu leito de granito — parti para Guiães. E durante três quietas semanas, naquela vila onde se conservam os hábitos e as ideias do tempo de el-rei D. Dinis, não soube do meu desconsolado amigo, que decerto fugira dos seus tetos esburacados e remergulhara na civilização. Depois, por uma abrasada manhã de agosto, descendo de Guiães, de novo trilhei a avenida de faias e entrei o portão solarengo de Torges, entre o furioso latir dos rafeiros. A mulher do Zé Brás apareceu alvoroçada à porta da tulha. E a sua nova foi logo que o senhor D. Jacinto (em Torges, o meu amigo tinha Dom) andava lá embaixo com o Sousa nos campos de Freixomil.

— Então, ainda cá está o senhor D. Jacinto?!

"Sua inselência" ainda estava em Torges — e "sua inselência" ficava para a vindima!... Justamente eu reparava que as janelas do solar tinham vidraças novas; e a um canto do pátio pousavam baldes de cal; uma escada de pedreiro ficara arrimada contra a varanda; e num caixote aberto, ainda cheio de palha de empacotar, dormiam dois gatos.

— E o Grilo apareceu?

— O senhor Grilo está no pomar, à sombra.

— Bem! E as malas?

— O senhor D. Jacinto já tem o seu saquinho de couro...

Louvado Deus! O meu Jacinto estava, enfim, provido de civilização! Subi contente. Na sala nobre, onde o soalho fora composto e esfregado, encontrei uma mesa recoberta de oleado, prateleiras de pinho com louça branca de Barcelos e cadeiras de palhinha, orlando as paredes muito caiadas que davam uma frescura de capela nova. Ao lado, noutra sala, também de faiscante alvura, havia o conforto inesperado de três cadeiras de verga da Madeira, com braços largos e almofadas de chita; sobre a mesa de pinho, o papel almaço, o candeeiro de azeite, as penas de pato espetadas num tinteiro de frade, pareciam preparadas para um estudo calmo e ditoso de humanidades; e na parede, suspensa de dois pregos, uma estantezinha continha quatro ou cinco livros, folheados e usados: o *D. Quixote*, um Virgílio, uma *História de Roma*, as *Crônicas de Froissart*. Adiante era certamente o quarto de D. Jacinto, um quarto claro e casto de estudante, com um catre de ferro, um lavatório de ferro, a roupa pendurada de cabides toscos. Tudo resplandecia de asseio e ordem. As janelas cerradas defendiam do sol de agosto, que escaldava fora os peitoris de pedra. Do soalho, borrifado de água, subia uma fresquidão consoladora. Num velho vaso azul um molho de cravos alegrava e perfumava. Não havia um rumor. Torges dormia no esplendor da sesta. E envolvido naquele repouso de convento remoto, terminei por me estender numa cadeira de verga junto à mesa, abri languidamente o Virgílio, murmurando:

— *Fortunate Jacinthe! Tu inter arva nota*
Et fontes sacros frigus captabis opacum.

Já mesmo irreverentemente adormecera sobre o divino bucolista, quando me despertou um brado amigo. Era o nosso Jacinto. E imediatamente o comparei a uma planta, meio murcha e estiolada no escuro, que fora profusamente regada e revivera em pleno sol. Não corcovava. Sobre a sua palidez de supercivilizado, o ar da serra ou a reconciliação com a vida tinham espalhado um tom trigueiro e forte que o virilizava soberbamente. Dos olhos, que na cidade eu lhe conhecera sempre crepusculares, saltava agora um brilho de meio-dia, decidido e largo, que mergulhava francamente na beleza das coisas. Já não passava as mãos murchas sobre a face — batia com elas rijamente na coxa... Que sei eu?! Era uma reencarnação. E tudo o que me contou, pisando alegremente com os sapatos brancos o soalho, foi que se sentira, ao fim de três dias em Torges, como desanuviado, mandara comprar um colchão macio, reunira cinco livros nunca lidos, e ali estava...

— Para todo o verão?

— Para todo o sempre! E agora, homem das cidades, vem almoçar umas trutas que eu pesquei, e compreende enfim o que é o céu.

As trutas eram, com efeito, celestes. E apareceu também uma salada fria de couve-flor e vagens, e um vinho branco de Azães... Mas quem condignamente vos cantará, comeres e beberes daquelas serras?

De tarde, finda a calma, passeamos pelos caminhos, coleando a vasta quinta, que vai de vales a montes. Jacinto parava a contemplar com carinho os milhos altos. Com a mão espalmada e forte batia no tronco dos castanheiros, como nas costas de amigos recuperados. Todo o fio de água, todo o tufo de erva, todo o pé de vinha o ocupava como vidas filiais por que fosse responsável. Conhecia certos melros que cantavam em certos choupos. Exclamava enternecido:

— Que encanto, a flor do trevo!

À noite, depois de um cabrito assado no forno, a que mestre Horácio teria dedicado uma Ode (talvez mesmo um carme heroico) conversamos sobre o Destino e a Vida. Eu citei, com discreta malícia, Schopenhauer e o Eclesiastes... Mas Jacinto ergueu os ombros, com seguro desdém. A sua confiança nesses dois sombrios explicadores da vida desaparecera, e irremediavelmente, sem poder mais voltar, como uma névoa que o sol espalha. Tremenda tolice afirmar que a vida se compõe, meramente, de uma longa ilusão — é erguer um aparatoso sistema sobre um ponto especial e estreito da vida, deixando fora do sistema toda a vida restante, como uma contradição permanente e soberba. Era como se ele, Jacinto, apontando para uma urtiga crescida naquele pátio, declarasse, triunfalmente: "Aqui está uma urtiga! Toda a quinta de Torges, portanto, é uma massa de urtigas". Mas bastaria que o hóspede erguesse os olhos para ver as searas, os pomares e os vinhedos!

De resto, desses dois ilustres pessimistas, um o alemão, o que conhecia ele da vida — dessa vida de que fizera, com doutoral majestade, uma teoria definitiva e dolente? Tudo o que pode conhecer quem, como esse genial farsante, viveu cinquenta anos numa soturna hospedaria de província, levantando apenas os óculos dos livros para conversar, à mesa redonda, com os alferes da guarnição! E o outro, o israelita, o homem dos *Cantares*, o muito pedantesco rei de Jerusalém, só descobre que a vida é uma ilusão aos setenta e cinco anos, quando o poder lhe escapa das mãos trêmulas, e o seu serralho de trezentas concubinas se torna ridiculamente supérfluo à sua carcaça frígida. Um dogmatiza funebremente sobre o que não sabe — e o outro sobre o que não pode. Mas que se dê a esse bom Schopenhauer uma vida tão completa e cheia como a de César, e onde estará o seu schopenhaurismo? Que se restitua a esse sultão, besuntado de literatura, que tanto edificou e professorou em Jerusalém, a sua virilidade — e onde estará o Eclesiastes? De resto, que importa bendizer ou maldizer da vida? Afortunada ou dolorosa, fecunda ou vã, ela tem de ser vida. Loucos aqueles que, para a atravessar, se embrulham desde logo em pesados véus de tristeza e desilusão, de sorte que na sua estrada tudo lhe seja negrume, não só as léguas realmente escuras, mas mesmo aquelas em que cintila um sol amável. Na terra tudo vive — e só o homem sente a dor e a desilusão da vida. E tanto mais as sente, quanto mais alarga e acumula a obra dessa inteligência que o torna homem, e que o separa da restante natureza, impensante e inerte. É no máximo de civilização que ele experimenta o máximo de tédio. A sapiência, portanto, está em recuar até esse honesto mínimo de civilização, que consiste em ter um teto de colmo, uma leira de terra e o grão para nela semear. Em resumo, para reaver a felicidade, é necessário regressar ao Paraíso — e ficar lá, quieto, na sua folha de vinha, inteiramente desguarnecido de civilização, contemplando o anho aos saltos entre o tomilho, e sem procurar, nem com o desejo, a árvore funesta da Ciência! *Dixi*!

Eu escutava, assombrado, esse Jacinto novíssimo. Era verdadeiramente uma ressurreição no magnífico estilo de Lázaro. Ao que surge *et ambula* que lhe tinham sussurrado as águas e os bosques de Torges, ele erguia-se do fundo da cova do pessimismo, desembaraçava-se das suas casacas de

Poole, *et ambulabat*, e começava a ser ditoso. Quando recolhi ao meu quarto, àquelas horas honestas que convêm ao campo e ao otimismo, tomei entre as minhas a mão já firme do meu amigo, e pensando que ele enfim alcançara a verdadeira realeza, porque possuía a verdadeira liberdade, gritei-lhe os meus parabéns à maneira do moralista de Tibur:

— *Vive et regna, fortunate Jacinthe!*

Daí a pouco, através da porta aberta que nos separava, senti uma risada fresca, moça, genuína e consolada. Era Jacinto que lia o *D. Quixote*. Oh, bem-aventurado Jacinto! Conservava o agudo poder de criticar e recuperara o dom divino de rir!

Quatro anos vão passados. Jacinto ainda habita Torges. As paredes do seu solar continuam bem caiadas, mas nuas.

De inverno enverga um gabão de briche e acende um braseiro. Para chamar o Grilo ou a moça bate as mãos, como fazia Catão. Com os seus deliciosos vagares, já leu a *Ilíada*. Não faz a barba. Nos caminhos silvestres, para e fala com as crianças. Todos os casais da serra o bendizem. Ouço que vai casar com uma forte, sã e bela rapariga de Guiães. Decerto crescerá ali uma tribo que será grata ao Senhor!

Como ele, recentemente, me mandou pedir livros da sua livraria (uma *Vida de Buda*, uma *História da Grécia* e as obras de S. Francisco de Sales), fui, depois desses quatro anos, ao Jasmineiro deserto. Cada passo meu sobre os fofos tapetes de Caramânia soou triste como num chão de mortos. Todos os brocados estavam engelhados, esgaçados. Pelas paredes pendiam, como olhos fora de órbitas, os botões elétricos das campainhas e das luzes — e havia vagos fios de arame, soltos, enroscados, onde a aranha regalada e reinando tecera teias espessas. Na livraria, todo o vasto saber dos séculos jazia numa imensa mudez, debaixo de uma imensa poeira. Sobre as lombadas dos sistemas filosóficos alvejava o bolor; vorazmente a traça devastara as *Histórias universais*; errava ali um cheiro mole de literatura apodrecida — e eu abalei, com o lenço no nariz, certo de que naqueles vinte mil volumes não restava uma verdade viva! Quis lavar as mãos, maculadas pelo contato com esses detritos de conhecimentos humanos. Mas os maravilhosos aparelhos do lavatório, da sala de banho, enferrujados, perros, dessoldados, não largaram uma gota de água; e, como chovia nessa tarde de abril, tive de sair à varanda, pedir ao céu que me levasse.

Ao descer, penetrei no gabinete de trabalho de Jacinto e tropecei num montão negro de ferragens, rodas, lâminas, campainhas, parafusos... Entreabri a janela e reconheci o telefone, o teatrofone, o fonógrafo, outros aparelhos, tombados das suas peanhas, sórdidos, desfeitos, sob a poeira dos anos. Empurrei com o pé esse lixo do engenho humano. A máquina de escrever, escancarada, com os buracos negros marcando as letras desarraigadas, era como uma boca alvar e desdentada. O telefone parecia esborrachado, enrodilhado nas suas tripas de arame. Na trompa do fonógrafo, torta, esbeiçada, para sempre muda, fervilhavam carochas. E ali jaziam, tão lamentáveis e grotescas, aquelas geniais invenções, que eu saí rindo, como de uma enorme facécia, daquele supercivilizado palácio.

A chuva de abril secara; os telhados remotos da cidade negrejavam sobre um poente de carmesim e ouro. E, através das ruas mais frescas, eu ia pensando que este nosso magnífico século XIX se assemelharia, um dia, àquele Jasmineiro abandonado, e que outros homens, com uma certeza mais pura do que é a Vida e a Felicidade, dariam, como eu, com o pé no lixo da supercivilização, e, como eu, ririam alegremente da grande ilusão que findara, inútil e coberta de ferrugem.

Àquela hora, decerto, Jacinto, na varanda, em Torges, sem fonógrafo e sem telefone, reentrado na simplicidade, via, sob a paz lenta da tarde, ao tremeluzir da primeira estrela, a boiada recolher entre o canto dos boieiros.

Conto 2

José Matias

Linda tarde, meu amigo!... Estou esperando o enterro do José Matias — do José Matias de Albuquerque, sobrinho do visconde de Garmide... O meu amigo certamente o conheceu — um rapaz airoso, louro como uma espiga, com um bigode crespo de paladino sobre uma boca indecisa de contemplativo, destro cavaleiro, de uma elegância sóbria e fina. E espírito curioso, muito afeiçoado às ideias gerais, tão penetrante que compreendeu a minha *Defesa da Filosofia Hegeliana*! Essa imagem do José Matias data de 1865: porque a derradeira vez que o encontrei, numa tarde agreste de janeiro, metido num portal da rua de S. Bento, tiritava dentro de uma quinzena cor de mel, roída nos cotovelos, e cheirava abominavelmente a aguardente.

Mas o meu amigo, numa ocasião em que o José Matias parou em Coimbra, recolhendo do Porto, ceou com ele, no Paço do Conde! Até o Craveiro, que preparava as *Ironias* e *Dores de Satã*, para acirrar mais a briga entre a Escola Purista e a Escola Satânica, recitou aquele seu soneto, de tão fúnebre idealismo: *Na jaula do meu peito, o coração*... E ainda lembro o José Matias, com uma grande gravata de cetim preto, tufada entre o colete de linho branco, sem despregar os olhos das velas das serpentinas, sorrindo palidamente àquele coração que rugia na sua jaula... Era uma noite de abril, de lua cheia. Passeamos depois em bando, com guitarras, pela Ponte e pelo Choupal. O Januário cantou ardentemente as endechas românticas do nosso tempo:

Ontem de tarde, ao sol posto,
Contemplavas, silenciosa,

A torrente caudalosa
Que refervia a teus pés...

E o José Matias, encostado ao parapeito da Ponte, com a alma e os olhos perdidos na lua! — Por que não acompanha o meu amigo esse moço interessante ao Cemitério dos Prazeres? Eu tenho uma tipoia, de praça e com número, como convém a um professor de filosofia... O quê?! Por causa das calças claras! Oh! Meu caro amigo! De todas as materializações da simpatia, nenhuma mais grosseiramente material do que a casimira preta. E o homem que nós vamos enterrar era um grande espiritualista!

Vem o caixão saindo da igreja... Apenas três carruagens para o acompanhar. Mas realmente, meu caro amigo, o José Matias morreu há seis anos, no seu puro brilho. Esse, que aí levamos, meio decomposto, dentro de tábuas agaloadas de amarelo, é um resto de bêbedo, sem história e sem nome, que o frio de fevereiro matou no vão de um portal.

O sujeito de óculos de ouro, dentro do cupê?... Não conheço, meu amigo. Talvez um parente rico, desses que aparecem nos enterros, com o parentesco corretamente coberto de fumo, quando o defunto já não importa, nem compromete. O homem obeso de carão amarelo, dentro da vitória, é o Alves Capão, que tem um jornal onde desgraçadamente a filosofia não abunda, e que se chama a *Piada*. Que relações o prendiam ao Matias?... Não sei. Talvez se embebedassem nas mesmas tascas; talvez o José Matias ultimamente colaborasse na *Piada*; talvez debaixo daquela gordura e daquela literatura, ambas tão sórdidas, se abrigue uma alma compassiva. Agora é a nossa tipoia... Quer que desça a vidraça? Um cigarro?... Eu trago fósforos. Pois esse José Matias foi um homem desconsolador para quem, como eu, na vida ama a evolução lógica e pretende que a espiga nasça coerentemente do grão. Em Coimbra sempre o consideramos como uma alma escandalosamente banal. Para esse juízo concorria talvez a sua horrenda correção. Nunca um rasgão brilhante na batina! Nunca uma poeira estouvada nos sapatos! Nunca um pelo rebelde do cabelo ou do bigode fugido daquele rígido alinho que nos desolava! Além disso, na nossa ardente geração, ele foi o único intelectual que não rugiu com as misérias da Polônia; que leu sem palidez ou pranto as *Contemplações*; que permaneceu insensível ante a ferida de Garibaldi! E, todavia, nesse José Matias, nenhuma secura ou dureza ou egoísmo ou desafabilidade! Pelo contrário! Um suave camarada, sempre cordial e mansamente risonho. Toda a sua inabalável quietação parecia provir de uma imensa superficialidade sentimental. E, nesse tempo, não foi sem razão e propriedade que alcunhamos aquele moço tão macio, tão louro e tão ligeiro, de "Matias-Coração-de-Esquilo". Quando se formou, como lhe morrera o pai, depois a mãe, delicada e linda senhora de quem herdara cinquenta contos, partiu para Lisboa, alegrar a solidão de um tio que o adorava, o general visconde de Garmilde. O meu amigo sem dúvida se lembra dessa perfeita estampa de general clássico, sempre de bigodes terrificamente encerados, as calças cor de flor de alecrim desesperadamente esticadas pelas presilhas sobre as botas coruscantes e o chicote debaixo do braço com a ponta a tremer, ávida de vergastar o Mundo! Guerreiro grutesco e deliciosamente bom... O Garmilde morava então em Arroios, numa casa antiga de azulejos, com um jardim, onde ele cultivava apaixonadamente canteiros soberbos de dálias. Esse jardim subia muito suavemente até o muro coberto de hera que o separava de outro jardim, o largo e belo jardim de rosas do conselheiro Matos Miranda, cuja casa, com um arejado terraço entre dois torreõezinhos amarelos, se erguia no cimo do outeiro e se chamava a casa da "Parreira". O meu amigo conhece (pelo menos de tradição, como se conhece Helena de Troia ou Inês de Castro) a formosa Elisa Miranda, a Elisa da Parreira... Foi a sublime beleza romântica de Lisboa, nos fins da Regeneração. Mas realmente Lisboa apenas a entrevia pelos vidros da sua grande caleche, ou nalguma noite de iluminação do Passeio Público entre a poeira e a turba, ou nos dois bailes da Assembleia do Carmo, de que o Matos Miranda era um diretor venerado. Por gosto borralheiro de provinciana, ou por pertencer àquela burguesia séria que nesses tempos, em Lisboa, ainda conservava os antigos hábitos severamente encerrados, ou por imposição paternal do marido, já diabético e com sessenta anos — a Deusa raramente emergia de Arroios e se mostrava aos mortais. Mas quem a viu, e com facilidade constante, quase irremediavelmente, logo que se instalou em Lisboa, foi o José Matias — porque, jazendo o palacete do general na falda da colina, aos pés do jardim e da casa da Parreira, não podia a divina Elisa assomar a uma janela, atravessar o terraço, colher uma rosa entre as ruas de buxo, sem ser deliciosamente visível, tanto mais que nos dois jardins assoalhados nenhuma árvore espalhava a cortina da sua rama densa. O meu amigo decerto trauteou, como todos trauteamos, aqueles versos gastos, mas imortais:

Era no outono, quando a imagem tua
À luz da lua..........

Pois, como nessa estrofe, o pobre José Matias, ao regressar da Praia da Ericeira em outubro, no outono, avistou Elisa Miranda, uma noite no terraço, à luz da lua! O meu amigo nunca contemplou aquele precioso tipo de encanto lamartiniano. Alta, esbelta, ondulosa, digna da comparação bíblica da palmeira ao vento. Cabelos negros, lustrosos e ricos, em bandós ondeados. Uma carnação de camélia muito fresca. Olhos negros, líquidos, quebrados, tristes, de longas pestanas... Ah! Meu amigo, até eu, que já então laboriosamente anotava Hegel, depois de a encontrar numa tarde de chuva esperando a carruagem à porta do Seixas, a adorei durante três exaltados dias e lhe rimei um soneto! Não sei se o José Matias lhe dedicou sonetos. Mas todos nós, seus amigos, percebemos logo o forte, profundo, absoluto amor que concebera, desde a noite de outono, à luz da lua, aquele coração, que em Coimbra considerávamos de esquilo!

Bem compreende que homem tão comedido e quieto não se exalou em suspiros públicos. Já, porém, no tempo de Aristóteles, se afirmava que amor e fumo não se escondem; e do nosso cerrado José Matias o amor começou logo a escapar, como o fumo leve através das fendas invisíveis de uma casa fechada que arde terrivelmente. Bem me recordo de uma tarde que o visitei em Arroios, depois de voltar do Alentejo. Era um domingo de julho. Ele ia jantar com uma tia-avó, uma D. Mafalda Noronha, que vivia em Benfica, na quinta dos Cedros, onde habitualmente jantavam também aos domingos o Matos Miranda e a divina Elisa. Creio mesmo que só nessa casa ela e o José Matias se encontravam, sobretudo com as facilidades que oferecem pensativas alamedas e retiros de sombra. As janelas do quarto do José Matias abriam sobre o seu jardim e sobre o jardim dos Mirandas; e, quando entrei, ele ainda se vestia, lentamente. Nunca admirei, meu amigo, face humana aureolada por felicidade mais segura e serena! Sorria iluminadamente quando me abraçou, com um sorriso que vinha das profundidades da alma iluminada; sorria ainda deliciosamente enquanto eu lhe contei todos os meus desgostos no Alentejo; sorriu depois estaticamente, aludindo ao calor e enrolando um cigarro distraído; e sorriu sempre, enlevado, a escolher na gaveta da cômoda, com escrúpulo religioso, uma gravata de seda branca. E a cada momento, irresistivelmente, por um hábito já tão inconsciente como o pestanejar, os seus olhos risonhos, calmamente enternecidos, se voltavam para as vidraças fechadas... De sorte que, acompanhando aquele raio ditoso, logo descobri, no terraço da casa da Parreira, a divina Elisa, vestida de claro, com um chapéu branco, passeando preguiçosamente, calçando pensativamente as luvas e espreitando também as janelas do meu amigo, que um lampejo oblíquo do sol ofuscava de manchas de ouro. O José Matias, no entanto, conversava, antes murmurava, através do sorriso perene, coisas afáveis e dispersas. Toda a sua atenção se concentrara diante do espelho, no alfinete de coral e pérola para prender a gravata, no colete branco que abotoava e ajustava com a devoção com que um padre novo, na exaltação cândida da primeira missa, se reveste da estola e do amito, para se acercar do altar. Nunca eu vira um homem deitar com tão profundo êxtase, água-de-colônia no lenço! E depois de enfiar a sobrecasaca, de lhe espetar uma soberba rosa, foi com inefável emoção, sem reter um delicioso suspiro, que abriu largamente, solenemente, as vidraças! *Introibo ad altarem Deæ*! Eu permaneci discretamente enterrado no sofá. E, meu caro amigo, acredite, invejei aquele homem à janela, imóvel, hirto na sua adoração sublime, com os olhos, e a alma, e todo o ser cravados no terraço, na branca mulher calçando as luvas claras, e tão indiferente ao mundo como se o mundo fosse apenas o ladrilho que ela pisava e cobria com os pés!

E esse enlevo, meu amigo, durou dez anos, assim esplêndido, puro, distante e imaterial! Não ria... Decerto se encontravam na quinta de D. Mafalda; decerto se escreviam, e transbordantemente, atirando as cartas por cima do muro que separava os dois quintais; mas nunca, por cima das heras desse muro, procuraram a rara delícia de uma conversa roubada ou a delícia ainda mais perfeita de um silêncio escondido na sombra. E nunca trocaram um beijo... Não duvide! Algum aperto de mão fugidio e sôfrego, sob os arvoredos da D. Mafalda, foi o limite exaltadamente extremo que a vontade lhes marcou ao desejo. O meu amigo não compreende como se mantiveram assim dois frágeis corpos, durante dez anos, em tão terrível e mórbido renunciamento... Sim, decerto lhes faltou, para se perderem, uma hora de segurança ou uma portinha no muro. Depois, a divina Elisa vivia realmente num mosteiro, em que ferrolhos e grades eram formados pelos hábitos rigidamente reclusos do Matos Miranda, diabético e tristonho. Mas, na castidade desse amor, entrou muita nobreza moral e finura superior de sentimento. O amor espiritualiza o homem — e materializa a mulher. Essa espiritualização era fácil ao José Matias, que (sem desconfiarmos) nascera desvairadamente espiritualista; mas a humana Elisa encontrou também um gozo delicado nessa ideal adoração de monge, que nem ousa roçar, com os dedos trêmulos e embrulhados no rosário, a túnica da Virgem sublimada. Ele, sim! Ele gozou nesse amor transcendentemente desmaterializado um encanto sobre-humano. E durante dez anos, como o Ruy Blás do velho Hugo, caminhou, vivo e deslumbrado, dentro do seu sonho radiante, sonho em que Elisa habitou realmente dentro da sua alma, numa fusão tão absoluta que se tornou consubstancial com o seu ser! Acreditará o meu amigo que ele abandonou o charuto, mesmo passeando solitariamente a cavalo pelos arredores de Lisboa, logo que descobrira na quinta de D. Mafalda, uma tarde, que o fumo perturbava Elisa?

E essa presença real da divina criatura no seu ser criou no José Matias modos novos, estranhos, derivando da alucinação. Como o visconde de Garmilde jantava cedo, à hora vernácula do Portugal antigo, José Matias ceava, depois de S. Carlos, naquele delicioso e saudoso Café Central, onde o linguado parecia frito no céu e o colares no céu engarrafado. Pois nunca ceava sem serpentinas profusamente acesas e a mesa juncada de flores. Por quê? Porque Elisa também ali ceava, invisível. Daí esses silêncios banhados num sorriso religiosamente atento... Por quê? Porque a estava sempre escutando! Ainda me lembro de ele arrancar do quarto três gravuras clássicas de faunos ousados e ninfas rendidas... Elisa pairava idealmente naquele ambiente; e ele purificava as paredes, que mandou forrar de sedas claras. O amor arrasta ao luxo, sobretudo amor de tão elegante idealismo; e o José Matias prodigalizou com esplendor o luxo que ela partilhava. Decentemente não podia andar com a imagem de Elisa numa tipoia de praça, nem consentir que a augusta imagem roçasse pelas cadeiras de palhinha da plateia de S. Carlos. Montou, portanto, carruagens de um gosto sóbrio e puro; e assinou um camarote na ópera, onde instalou, para ela, uma poltrona pontifical, de cetim branco, bordado a estrelas de ouro.

Além disso, como descobrira a generosidade de Elisa, logo se tornou congênere e suntuosamente generoso; e ninguém existiu então em Lisboa que espalhasse, com facilidade mais risonha, notas de cem mil réis. Assim desbaratou, rapidamente, sessenta contos com o amor daquela mulher a quem nunca dera uma flor!

E, durante esse tempo, o Matos Miranda? Meu amigo, o bom Matos Miranda não desmanchava nem a perfeição, nem a quietação dessa felicidade! Tão absoluto seria o espiritualismo do José Matias, que apenas se interessasse pela alma de Elisa, indiferente às submissões do seu corpo, invólucro inferior e mortal?... Não sei. Verdade seja! Aquele digno diabético, tão grave, sempre de cachenê de lã escura, com as suas suíças grisalhas, os seus ponderosos óculos de ouro, não sugeria ideias inquietadoras de marido ardente, cujo ardor, fatal e involuntariamente, se partilha e abrasa. Todavia, nunca compreendi, eu, filósofo, aquela consideração, quase carinhosa, do José Matias pelo homem que, mesmo desinteressadamente, podia por direito, por costume, contemplar Elisa desapertando as fitas da saia branca!... Haveria ali reconhecimento por o Miranda ter descoberto numa remota rua de Setúbal (onde José Matias nunca a descortinaria) aquela divina mulher, e por a manter em conforto, solidamente nutrida, finamente vestida, transportada em caleches de macias molas? Ou recebera o José Matias aquela costumada confidência — "não sou tua, nem dele" — que tanto consola do sacrifício, porque tanto lisonjeia o egoísmo?... Não sei. Mas, com certeza, esse seu magnânimo desdém pela presença corporal do Miranda no templo, onde habitava a sua deusa, dava à felicidade de José Matias uma unidade perfeita, a unidade de um cristal que por todos os lados rebrilha, igualmente puro, sem arranhadura ou mancha. E essa felicidade, meu amigo, durou dez anos... Que escandaloso luxo para um mortal!

Mas um dia, a terra, para o José Matias, tremeu toda, num terremoto de incomparável espanto. Em janeiro ou fevereiro de 1871, o Miranda, já debilitado pela diabetes, morreu com uma pneumonia. Por essas mesmas ruas, numa pachorrenta tipoia de praça, acompanhei o seu enterro numeroso, rico, com ministros, porque o Miranda pertencia às Instituições. E depois, aproveitando a tipoia, visitei o José Matias em Arroios, não por curiosidade perversa, nem para lhe levar felicitações indecentes, mas para que, naquele lance deslumbrador, ele sentisse ao lado a força moderadora da filosofia... Encontrei porém com ele um amigo mais antigo e confidencial, aquele brilhante Nicolau da Barca, que já conduzi também a este cemitério, onde agora jazem, debaixo de lápides, todos aqueles camaradas com quem levantei castelos nas nuvens... O Nicolau chegara da Velosa, da sua quinta de Santarém, de madrugada, reclamado por um telegrama do Matias. Quando entrei, um criado atarefado arranjava duas malas enormes. O José Matias abalava nessa noite para o

Porto. Já envergara mesmo um fato de viagem, todo negro, com sapatos de couro amarelo; e depois de me sacudir a mão, enquanto o Nicolau remexia com um grogue, continuou vagando pelo quarto, calado, como embaçado, com um modo que não era emoção, nem alegria pudicamente disfarçada, nem surpresa do seu destino bruscamente sublimado. Não! Se o bom Darwin não nos ilude no seu livro *Expressão das emoções*, o José Matias, nessa tarde, só sentia e só exprimia embaraço! Em frente, na casa da Parreira, todas as janelas permaneciam fechadas sob a tristeza da tarde cinzenta. E, todavia, surpreendi o José Matias atirando para o terraço, rapidamente, um olhar em que transparecia inquietação, ansiedade, quase terror! Como direi? Aquele é o olhar que se resvala para a jaula mal segura onde se agita uma leoa! Num momento em que ele entrara na alcova, murmurei ao Nicolau, por cima do grogue: "O Matias faz perfeitamente em ir para o Porto...". Nicolau encolheu os ombros: "Sim, pensou que era mais delicado... Eu aprovei. Mas só durante os meses de luto pesado...". Às sete horas acompanhamos o nosso amigo à estação de Santa Apolônia. Na volta, dentro do *cupê* que uma grande chuva batia, filosofamos. Eu sorria contente: "Um ano de luto, e depois muita felicidade e muitos filhos... É um poema acabado!". E Nicolau acudiu, sério: "E acabado numa deliciosa e suculenta prosa. A divina Elisa fica com toda a sua divindade e a fortuna do Miranda, uns dez ou doze contos de renda... Pela primeira vez na nossa vida contemplamos, tu e eu, a virtude recompensada!".

Meu caro amigo! Os meses cerimoniais de luto passaram, depois outros, e José Matias não se arredou do Porto. Nesse agosto o encontrei eu instalado fundamentalmente no Hotel Francfort, onde entretinha a melancolia dos dias abrasados, fumando (porque voltara ao tabaco), lendo romances de Júlio Verne e bebendo cerveja gelada até que a tarde refrescava e ele se vestia, se perfumava, se floria para jantar na Foz.

E apesar de se acercar o bendito remate do luto e da desesperada espera, não notei em José Matias nem alvoroço elegantemente reprimido, nem revolta contra a lentidão do tempo, velho, por vezes tão moroso e trôpego... Pelo contrário! Ao sorriso de radiosa certeza, que nesses anos o iluminara com um nimbo de beatitude, sucedera a seriedade carregada, toda em sombra e rugas, de quem se debate numa dúvida irresolúvel, sempre presente, roedora e dolorosa. Quer que lhe diga? Nesse verão, no Hotel Francfort, sempre me pareceu que o José Matias, a cada instante da sua vida acordada, mesmo emborcando a fresca cerveja, mesmo calçando as luvas ao entrar para a caleche que o levava à Foz, angustiadamente perguntava à sua consciência: "Que hei de fazer? Que hei de fazer?". E depois, uma manhã, ao almoço, realmente me assombrou, exclamando ao abrir o jornal, com um assomo de sangue na face: "O quê! Já são 29 de agosto? Santo Deus... Já o fim de agosto!"...

Voltei a Lisboa, meu amigo. O inverno passou, muito seco e muito azul. Eu trabalhei nas minhas *Origens do utilitarismo*. Um domingo, no Rossio, quando já se vendiam cravos nas tabacarias, avistei dentro de um *cupê* a divina Elisa, com plumas roxas no chapéu. E nessa semana encontrei no meu *Diário Ilustrado* a notícia curta, quase tímida, do casamento da Senhora D. Elisa Miranda... Com quem, meu amigo? — com o conhecido proprietário, o senhor Francisco Torres Nogueira!...

O meu amigo cerrou aí o punho e bateu na coxa, espantado. Eu também cerrei os punhos, ambos, mas para os levantar ao Céu onde se julgam os feitos da Terra, e clamar furiosamente, aos urros, contra a falsidade, a inconstância ondeante e pérfida, toda a enganadora torpeza das mulheres, e daquela especial Elisa cheia de infâmia entre as mulheres! Atraiçoar à pressa, atabalhoadamente, apenas findara o luto negro, aquele nobre, puro, intelectual Matias e o seu amor de dez anos, submisso e sublime!...

E depois de apontar os punhos para o Céu ainda os apertava na cabeça, gritando: "Mas por quê? Por quê?". Por amor? Durante anos ela amara enlevadamente esse moço, e de um amor que se não desiludira nem se fartara, porque permanecia suspenso, imaterial, insatisfeito. Por ambição? Torres Nogueira era um ocioso amável como José Matias, e possuía em vinhas hipotecadas os mesmos cinquenta ou sessenta contos que o José Matias herdara agora do tio Garmilde em terras excelentes e livres. Então por quê? Certamente porque os grossos bigodes negros do Torres Nogueira apeteciam mais à sua carne do que o buço louro e pensativo do José Matias! Ah! Bem ensinara S. João Crisóstomo que a mulher é um monturo de impureza erguido à porta do Inferno!

Pois, meu amigo, quando eu assim rugia, encontro uma tarde na rua do Alecrim o nosso Nicolau da Barca, que salta da tipoia, me empurra para um portal, agarra excitadamente no meu pobre braço e exclama engasgado: "Já sabes? Foi o José Matias que recusou! Ela escreveu, esteve no Porto, chorou... Ele nem consentiu em a ver! Não quis casar; não quer casar!". Fiquei trespassado. — "E então ela..." — "Despeitada, fortemente cercada pelo Torres, cansada da viuvice, com aqueles belos trinta anos em botão, que diabo, coitada, casou!". Eu ergui os braços até a abóbada do pátio: "Mas então é esse o sublime amor do José Matias?". O Nicolau, seu íntimo e confidente, jurou com irrecusável segurança: "É o mesmo sempre! Infinito, absoluto... Mas não quer casar!". Ambos nos olhamos, e depois ambos nos separamos, encolhendo os ombros, com aquele assombro resignado que convém a espíritos prudentes perante o Incognoscível. Mas eu, filósofo, e portanto espírito imprudente, toda essa noite esfuraquei o ato do José Matias com a ponta de uma psicologia que expressamente aguçara — e já de madrugada, estafado, concluí, como se conclui sempre em filosofia, que me encontrava diante de uma causa primária, portanto impenetrável, onde se quebraria, sem vantagem para ele, para mim, ou para o mundo, a ponta do meu instrumento!

Depois, a divina Elisa casou e continuou habitando a Parreira com o seu Torres Nogueira, no conforto e sossego que já gozara com o seu Matos Miranda. No meado do verão, José Matias recolheu do Porto a Arroios, ao casarão do tio Garmilde, onde reocupou os seus antigos quartos, com as varandas para o jardim, já florido de dálias que ninguém tratava. Veio agosto, como sempre em Lisboa silencioso e quente. Aos domingos José Matias jantava com D. Mafalda de Noronha, em Benfica, solitariamente — porque o Torres Nogueira não conhecia aquela venerada senhora da Quinta dos Cedros. A divina Elisa, com vestidos claros, passeava à tarde no jardim entre as roseiras. De sorte que a única mudança, naquele doce canto de Arroios, parecia ser o Matos Miranda no seu belo jazigo dos Prazeres, todo de mármore — e o Torres Nogueira no leito excelente de Elisa.

Havia, porém, uma tremenda e dolorosa mudança — a do José Matias! Adivinha o meu amigo como esse desgraçado consumia os seus estéreis dias? Com os olhos, e a memória, e a alma, e todo o ser cravados no terraço, nas janelas, nos jardins da Parreira! Mas agora não era de vidraças largamente abertas, em aberto êxtase, com o sorriso de segura beatitude: era por trás das cortinas fechadas, através de uma escassa fenda, escondido, surrupiando furtivamente os brancos sulcos do vestido branco, com a face toda devastada pela angústia e pela derrota. E compreende por que sofria assim esse pobre coração? Certamente porque Elisa, desdenhada pelos seus braços fechados, correra logo, sem luta, sem escrúpulos, para outros braços, mais acessíveis e prontos... Não, meu amigo! E note agora a complicada sutileza dessa paixão. O José Matias permanecia devotadamente crente de que Elisa, na profundidade da sua alma, nesse sagrado fundo espiritual onde não entram as imposições das conveniências, nem as decisões da razão pura, nem os ímpetos do orgulho, nem as emoções da carne — o amava, a ele, unicamente a ele, e com um amor que não deperecera, não se alterara, floria em todo o seu viço, mesmo sem ser regado ou trabalhado, como a antiga Rosa Mística! O que o torturava, meu amigo, o que lhe cavara longas rugas em curtos meses, era que um homem, um macho, um bruto, se tivesse apoderado daquela mulher que era sua e que do modo mais santo e mais socialmente puro, sob o patrocínio enternecido da Igreja e do Estado, lambuzas-se com os rijos bigodes negros, à farta, os divinos lábios que ele nunca ousara roçar, na supersticiosa reverência e quase no terror da sua divindade! Como lhe direi?... O sentimento desse extraordinário Matias era o de um monge, prostrado ante uma imagem da Virgem, em transcendente enlevo — quando de repente um bestial sacrílego trepa ao altar e ergue obscenamente a túnica da imagem! O meu amigo sorri... E então o Matos Miranda? Ah! Meu amigo! Esse era diabético, e grave, e obeso, e já existia instalado na Parreira, com a sua obesidade e a sua diabetes, quando ele conhecera Elisa e lhe dera para sempre vida e coração. E o Torres Nogueira, esse, rompera brutalmente através do seu puríssimo amor, com os negros bigodes, e os carnudos braços, e o rijo arranque de um antigo pegador de touros, e empolgara aquela mulher — a quem revelara talvez o que é um homem!

Mas, com os demônios! Essa mulher ele a recusara, quando ela se lhe oferecia, na frescura e na grandeza de um sentimento que nenhum desdém ainda ressequira ou abatera. Que quer?... É a espantosa tortuosidade espiritual desse Matias! Ao cabo de uns meses ele esquecera; positivamente esquecera essa recusa afrontosa, como se fora um leve desencontro de interesses materiais ou sociais, passado há meses, no Norte, e a que a distância e o tempo dissipavam a realidade e a amargura leve! E agora, aqui em Lisboa, com as janelas de Elisa diante das suas janelas e as rosas dos dois jardins unidos recendendo na sombra, a dor presente, a dor real, era que ele amara sublimemente uma mulher, e que a colocara entre as estrelas para mais pura adoração, e que um bruto moreno, de bigodes negros, arrancara essa mulher dentre as estrelas e a arremessara para a cama!

Enredado caso, hem, meu amigo? Ah! Muito filosofei sobre ele, por dever de filósofo! E concluí que o Matias era um doente, atacado de hiperespiritualismo, de uma inflamação violenta e pútrida do espiritualismo, que receara apavoradamente as materialidades do casamento, as chinelas, a pele pouco fresca ao acordar, um ventre enorme durante seis meses, os meninos berrando no berço molhado... E agora rugia de furor e tormento porque certo materialão, ao lado, se prontificara a aceitar Elisa em camisola de lã. Um imbecil?... Não, meu amigo! Um ultrarromântico, loucamente alheio às realidades fortes da vida, que nunca suspeitou que chinelas e cueiros sujos de meninos são coisas de superior beleza em casa em que entre o sol e haja amor.

E sabe o meu amigo o que exacerbou, mais furiosamente, esse tormento? É que a pobre Elisa mostrava por ele o antigo amor! Que lhe parece? Infernal, hem?... Pelo menos se não sentia o antigo amor intacto na sua essência, forte como outrora e único, conservava pelo pobre Matias uma irresistível curiosidade e repetia os gestos desse amor... Talvez fosse apenas a fatalidade dos jardins vizinhos! Não sei. Mas logo desde setembro, quando o Torres Nogueira partiu para as suas vinhas de Carcavelos, a assistir à vindima, ela recomeçou, da borda do terraço, por sobre as rosas e as dálias abertas, aquela doce remessa de doces olhares com que durante dez anos extasiara o coração do José Matias.

Não creio que se escrevessem por cima do muro do jardim, como sob o regime paternal do Matos Miranda... O novo senhor, o homem robusto da bigodeira negra, impunha à divina Elisa, mesmo de longe, dentre as vinhas de Carcavelos, retraimento e prudência. E acalmada por aquele marido, moço e forte, menos sentiria agora a necessidade de algum encontro discreto na sombra tépida da noite, mesmo quando a sua elegância moral e o rígido idealismo do José Matias consentissem em aproveitar uma escada contra o muro... De resto, Elisa era fundamentalmente honesta; e conservava o respeito sagrado do seu corpo, por o sentir tão belo e cuidadosamente feito por Deus — mais do que da sua alma. E quem sabe?... Talvez a adorável mulher pertencesse à bela raça daquela marquesa italiana, a marquesa Júlia de Malfieri, que conservava dois amorosos ao seu doce serviço, um poeta para as delicadezas românticas e um cocheiro para as necessidades grosseiras.

Enfim, meu amigo, não psicologuemos mais sobre essa viva, atrás do morto que morreu por ela! O fato foi que Elisa e o seu amigo insensivelmente recaíram na velha união ideal, através dos jardins em flor. E em outubro, como o Torres Nogueira continuava a vindimar em Carcavelos, o José Matias, para contemplar o terraço da Parreira, já abria de novo as vidraças, larga e estaticamente!

Parece que um tão estreme espiritualista, reconquistando a idealidade do antigo amor, devia reentrar também na antiga felicidade perfeita. Ele reinava na alma imortal de Elisa — que importava que outro se ocupasse do seu corpo mortal? Mas não! O pobre moço sofria, angustiadamente. E, para sacudir a pungência desses tormentos, findou, ele tão sereno, de uma tão doce harmonia de modos, por se tornar um agitado. Ah! Meu amigo, que redemoinho e estrépito de vida! Desesperadamente, durante um ano, remexeu, aturdiu, escandalizou Lisboa! São desse tempo algumas das suas extravagâncias lendárias... Conhece a da ceia? Uma ceia oferecida a trinta ou quarenta mulheres das mais torpes e das mais sujas, apanhadas pelas negras vielas do Bairro Alto e da Mouraria, que depois mandou montar em burros, e gravemente, melancolicamente, posto na frente, sobre um grande cavalo branco, com um imenso chicote, conduziu aos altos da Graça, para saudar a aparição do sol!

Mas todo esse alarido não lhe dissipou a dor — e foi então que, nesse inverno, começou a jogar e a beber! Todo o dia se encerrava em casa (certamente por trás das vidraças, agora que Torres Nogueira regressara das vinhas), com olhos e alma cravados no terraço fatal; depois, à noite, quando as janelas de Elisa se apagavam, saía numa tipoia, sempre a mesma, a tipoia do *Gago*, corria à roleta do Bravo, depois ao clube do "Cavalheiro", onde jogava freneticamente até a tardia hora de cear, num gabinete de restaurante, com molhos de velas acesas, e o colares, e o champanhe, e o conhaque correndo em jorros desesperados.

E essa vida, espicaçada pelas Fúrias, durou anos, sete anos! Todas as terras que lhe deixara o tio Garmilde se foram, largamente jogadas e bebidas; e só lhe restava o casarão de Arroios e o dinheiro apressado, porque o hipotecara. Mas, subitamente, desapareceu de todos os antros de vinho e de jogo. E soubemos que o Torres Nogueira estava morrendo com uma anasarca!

Por esse tempo, e por causa de um negócio do Nicolau da Barca, que me telegrafara ansiosamente da sua quinta de Santarém (negócio embrulhado, de uma letra) procurei o José Matias em Arroios, às dez horas, numa noite quente de abril. O criado, enquanto me conduzia pelo corredor mal alumiado, já desadornado das ricas arcas e talhas da Índia do velho Garmilde, confessou que Sua Excelência não acabara de jantar... E ainda me lembro, com um arrepio, da impressão desolada que me deu o desgraçado! Era no quarto que abria sobre os dois jardins. Diante de uma janela, que as cortinas de damasco cerravam, a mesa resplandecia, com duas serpentinas, um cesto de rosas brancas e algumas das nobres pratas do Garmilde; e ao lado, todo estendido numa poltrona, com o colete branco desabotoado, a face lívida descaída sobre o peito, um copo vazio na mão inerte, o José Matias parecia adormecido ou morto.

Quando lhe toquei no ombro, ergueu num sobressalto a cabeça, toda despenteada: "Que horas são?". Apenas lhe gritei, num gesto alegre, para o despertar, que era tarde, que eram dez, encheu precipitadamente o copo, da garrafa mais chegada, de vinho branco, e bebeu lentamente, com a mão a tremer, a tremer... Depois, arredando os cabelos da testa úmida: "Então, que há de novo?". Esgazeado, sem compreender, escutou, como num sonho, o recado que lhe mandava o Nicolau. Por fim, com um suspiro, remexeu uma garrafa de champanhe dentro do balde em que ela gelava, encheu outro copo, murmurando: "Um calor... Uma sede!...". Mas não bebeu: arrancou o corpo pesado à poltrona de verga e forçou os passos mal firmes para a janela, a que abriu violentamente as cortinas, depois a vidraça... E ficou hirto, como colhido pelo silêncio e escuro sossego da noite estrelada. Eu espreitei, meu amigo! Na casa da Parreira, duas janelas brilhavam, fortemente alumiadas, abertas à macia aragem. E essa claridade viva envolvia uma figura branca, nas longas pregas de um roupão branco, parada à beira do terraço, como esquecida numa contemplação. Era Elisa, meu amigo! Por trás, no fundo do quarto claro, o marido certamente arquejava, na opressão da anasarca. Ela, imóvel, repousava, mandando um doce olhar, talvez um sorriso, ao seu doce amigo. O miserável, fascinado, sem respirar, sorvia o encanto daquela visão benfazeja. E entre eles recendiam, na moleza da noite, todas as flores dos dois jardins... Subitamente Elisa recolheu, à pressa, chamada por algum gemido ou impaciência do pobre

Torres. E as janelas logo se fecharam, toda a luz e vida se sumiram na casa da Parreira.

Então, José Matias, com um soluço despedaçado, de transbordante tormento, cambaleou, tão ansiadamente se agarrou à cortina que a rasgou, e tombou desamparado nos braços que lhe estendi, e em que o arrastei para a cadeira, pesadamente, como a um morto ou a um bêbado. Mas, volvido um momento, com espanto meu, o extraordinário homem descerra os olhos, sorri num lento e inerte sorriso, murmura quase serenamente: "É o calor... Está um calor! Você não quer tomar chá?".

Recusei e abalei — enquanto ele, indiferente à minha fuga, estendido na poltrona, acendia tremulamente um imenso charuto.

Santo Deus, já estamos em Santa Isabel! Como esses lagoias vão arrastando depressa o pobre José Matias para o pó e para o verme final! Pois, meu amigo, depois dessa curiosa noite, o Torres Nogueira morreu. A divina Elisa, durante o novo luto, recolheu à quinta de uma cunhada, também viúva, à "Corte Moreira", ao pé de Beja. E o José Matias inteiramente se sumiu, se evaporou, sem que me revoassem novas dele, mesmo incertas — tanto mais que o íntimo por quem as conheceria, o nosso brilhante Nicolau da Barca, partira para a Ilha da Madeira, com o seu derradeiro pedaço de pulmão, sem esperança, por dever clássico, quase dever social, de tísico.

Todo esse ano, também, andei enfronhado no meu *Ensaio dos fenômenos afetivos*. Depois, um dia, no começo do verão, descendo pela rua de S. Bento, com os olhos levantados, a procurar o nº 214, onde se catalogava a livraria do Morgado de Azemel, quem avisto eu à varanda de uma casa nova e de esquina? A divina Elisa, metendo folhas de alface na gaiola de um canário! E bela, meu amigo! Mais cheia e mais harmoniosa, toda madura, e suculenta, e desejável, apesar de ter festejado em Beja os seus quarenta e dois anos! Mas aquela mulher era da grande raça de Helena que, quarenta anos também depois do cerco de Troia, ainda deslumbrava os homens mortais e os deuses imortais. E, curioso acaso!

Logo nessa tarde, pelo Seco, o João Seco da Biblioteca, que catalogava a livraria do Morgado, conheci a nova história dessa Helena admirável.

A divina Elisa tinha agora um amante... E unicamente por não poder, com a sua costumada honestidade, possuir um legítimo e terceiro marido. O ditoso moço que ela adorava era com efeito casado... Casado em Beja com uma espanhola que, ao cabo de um ano desse casamento e de outros requebros, partira para Sevilha, passar devotamente a semana santa, e lá adormecera nos braços de um riquíssimo criador de gado. O marido, pacato apontador de Obras Públicas, continuara em Beja, onde também vagamente ensinava um vago desenho... Ora, uma das suas discípulas era a filha da senhora da "Corte Moreira"; e aí na quinta, enquanto ele guiava o esfuminho da menina, Elisa o conheceu e o amou, com uma paixão tão urgente que o arrancou precipitadamente às Obras Públicas, e o arrastou a Lisboa, cidade mais propícia do que Beja a uma felicidade escandalosa, e que se esconde. O João Seco é de Beja, onde passara o Natal; conhecia perfeitamente o apontador, as senhoras da "Corte Moreira"; e compreendeu o romance, quando das janelas desse nº 214, onde catalogava a Livraria do Azemel, reconheceu Elisa na varanda da esquina, e o apontador enfiando regaladamente o portão, bem vestido, bem calçado, de luvas claras, com aparência de ser infinitamente mais ditoso naquelas obras particulares do que nas Públicas.

E dessa mesma janela do 214 o conheci eu também, o apontador! Belo moço, sólido, branco, de barba escura, em excelentes condições de quantidade (e talvez mesmo de qualidade) para encher um coração viúvo, e portanto "vazio", como diz a Bíblia. Eu frequentava esse nº 214, interessado no catálogo da Livraria porque o Morgado de Azemel possuía, pelo irônico acaso das heranças, uma coleção incomparável dos filósofos do século XVIII. E passadas semanas, saindo desses livros uma noite (o João Seco trabalhava de noite) e parando adiante à beira de um portal aberto para acender o charuto, enxergo à luz tremente do fósforo, metido na sombra, o José Matias! Mas que José Matias, meu caro amigo! Para o considerar mais detidamente, raspei outro fósforo. Pobre José Matias! Deixara crescer a barba, uma barba rara, indecisa, suja, mole como cotão amarelado; deixara crescer o cabelo, que lhe surdia em farripas secas sob um velho chapéu coco; mas todo ele, no resto, parecia diminuído, minguado, dentro de uma quinzena de mescla enxovalhada e de umas calças pretas, de grandes bolsos, onde escondia as mãos com o gesto tradicional, tão infinitamente triste, da miséria ociosa. Na espantada lástima que me tomou, apenas balbuciei: "Ora essa! Você! Então, que é feito?". E ele, com a sua mansidão polida, mas secamente, para se desembaraçar, e numa voz que a aguardente enrouquecera: "Por aqui, à espera de um sujeito". Não insisti, segui. Depois, adiante, parando, verifiquei o que num relance adivinhara — que o portal negro ficava em frente ao prédio novo e às varandas de Elisa!

Pois, meu amigo, três anos viveu o José Matias encafuado naquele portal!

Era um desses pátios da Lisboa antiga, sem porteiro, sempre escancarados, sempre sujos, cavernas laterais da rua, de onde ninguém escorraça os escondidos da miséria ou da dor. Ao lado havia uma taverna. Infalivelmente, ao anoitecer, o José Matias descia a rua de S. Bento, colado aos muros, e, como uma sombra, mergulhava na sombra do portal. A essa hora já as janelas de Elisa luziam, de inverno embaciadas pela névoa fina, de verão ainda abertas e arejando no repouso e na calma. E para elas, imóvel, com as mãos nas algibeiras, o José Matias se quedava em contemplação. Cada meia hora, sutilmente, enfiava para a taverna. Copo de vinho, copo de aguardente; e, de mansinho, recolhia à negrura do portal, ao seu êxtase. Quando as janelas de Elisa se apagavam, ainda através da longa noite, mesmo das negras noites de inverno — encolhido, transido, a bater as solas rotas no lajedo, ou sentado ao fundo, nos degraus da escada — ficava esmagando os olhos turvos na fachada negra daquela casa, onde a sabia dormindo com o outro!

A princípio, para fumar um cigarro apressado, trepava até o patamar deserto, a esconder o lume que o denunciaria no seu esconderijo. Mas depois, meu amigo, fumava incessantemente, colado à ombreira, puxando o cigarro com ânsia, para que a ponta rebrilhasse, o alumiasse! E percebe o porquê, meu amigo?... Porque Elisa já descobrira que, dentro daquele portal, a adorar submissamente as suas janelas, com a alma de outrora, estava o seu pobre José Matias!...

E acreditará o meu amigo que então, todas as noites, ou por trás da vidraça ou encostada à varanda (com o apontador dentro, estirado no sofá, já de chinelas, lendo o *Jornal da Noite*) ela se demorava a fitar o portal, muito quieta, sem outro gesto, naquele antigo e mudo olhar do terraço por sobre as rosas e as dálias? O José Matias percebera, deslumbrado. E agora avivava desesperadamente o lume, como um farol, para guiar na escuridão os amados olhos dela e lhe mostrar que ali estava, transido, todo seu, e fiel!

De dia nunca ele passava na rua de S. Bento. Como ousaria, com o jaquetão roto nos cotovelos e as botas cambadas? Porque aquele moço de elegância sóbria e fina tombara na miséria do andrajo. Onde arranjava mesmo, cada dia, os três patacos para o vinho e para a posta de bacalhau nas tavernas? Não sei... Mas louvemos a divina Elisa, meu amigo! Muito delicadamente, por caminhos arredados e astutos, ela, rica, procurara estabelecer uma pensão ao José Matias, mendigo. Situação picante, hem? A grata senhora dando duas mesadas aos seus dois homens — o amante do corpo e o amante da alma! Ele, porém, adivinhou de onde procedia a pavorosa esmola — e recusou, sem revolta, nem alarido de orgulho, até com enternecimento, até com uma lágrima nas pálpebras que a aguardente inflamara! Mas só com noite muito cerrada ousava descer à rua de S. Bento e enfiar para o seu portal. E adivinha o meu amigo como ele gastava o dia? A espreitar, a seguir, a farejar o apontador de Obras Públicas! Sim, meu amigo! Uma curiosidade insaciada, frenética, atroz, por aquele homem que Elisa escolhera!... Os dois anteriores, o Miranda e o Nogueira, tinham entrado na alcova de Elisa, publicamente, pela porta da Igreja e para outros fins humanos além do amor — para possuir um lar, talvez filhos, estabilidade e quietação na vida. Mas este era meramente o amante, que ela nomeara e mantinha só para ser amada; e nessa união não aparecia outro motivo racional senão que os dois corpos se unissem. Não se fartava, portanto, de o estudar, na figura, na roupa, nos modos, ansiosos por saber bem como era esse homem que, para se completar, a sua Elisa o preferira entre a turba dos homens. Por decência, o apontador morava na outra extremidade da rua de S. Bento, diante do Mercado. E essa parte da rua, onde o não surpreenderiam, na sua pelintrice, os olhos de Elisa, era o paradeiro do José Matias, logo de manhã, para mirar, farejar o homem, quando ele recolhia da casa de Elisa, ainda quente do calor da sua alcova. Depois não o largava, cautelosamente, como um larápio, rastejando de longe no seu rasto. E eu suspeito que o seguia assim, menos por curiosidade perversa do que para verificar se, através das tentações de Lisboa, terríveis para um apontador de Beja, o homem conservava o corpo fiel a Elisa. Em serviço da felicidade dela — fiscalizava o amante da mulher que amava!

Requinte furioso de espiritualismo e devoção, meu amigo! A alma de Elisa era a sua e recebia perenemente a adoração perene; e agora queria que o corpo de Elisa não fosse menos adorado, nem menos lealmente, por aquele a quem ela entregara o corpo! Mas o apontador era facilmente fiel a uma mulher tão formosa, tão rica, de meias de seda, de brilhantes nas orelhas, que o deslumbrava. E quem sabe, meu amigo? Talvez essa fidelidade, preito carnal à divindade de Elisa, fosse para o José Matias a derradeira felicidade que lhe concedeu a vida. Assim me persuado, porque, no inverno passado, encontrei o apontador, numa manhã de chuva, comprando camélias a um florista da rua do Ouro; e defronte, a uma esquina, o José Matias, escaveirado, esfrangalhado, cocava o homem, com carinho, quase com gratidão! E talvez nessa noite no portal, tiritando, batendo as solas encharcadas, com os olhos enternecidos nas escuras vidraças, pensasse: "Coitadinha, pobre Elisa! Ficou bem contente por ele lhe trazer as flores!".

Isso durou três anos.

Enfim, meu amigo, antes de ontem, o João Seco apareceu em minha casa, de tarde, esbaforido: "Lá levaram o José

Matias, de maca, para o hospital, com uma congestão nos pulmões!".

Parece que o encontraram, de madrugada, estirado no ladrilho, todo encolhido no jaquetão delgado, arquejando, com a face coberta de morte, voltada para as varandas de Elisa. Corri ao hospital. Morrera... Subi, com o médico de serviço, à enfermaria. Levantei o lençol que o cobria. Na abertura da camisa suja e rota, preso ao pescoço por um cordão, conservava um saquinho de seda, puído e sujo também. Decerto continha flor, ou cabelos, ou pedaço de renda de Elisa, do tempo do primeiro encanto e das tardes de Benfica... Perguntei ao médico, que o conhecia e o estimava, se ele sofrera. "Não! Teve um momento comatoso, depois arregalou os olhos, exclamou "Oh!" com grande espanto e ficou."

Era o grito da alma, no assombro e horror de morrer também? Ou era a alma triunfando por se reconhecer enfim imortal e livre? O meu amigo não sabe; nem o soube o divino Platão; nem o saberá o derradeiro filósofo na derradeira tarde do mundo.

Chegamos ao cemitério. Creio que devemos pegar às borlas do caixão... Na verdade, é bem singular esse Alves Capão, seguindo tão sentidamente o nosso pobre espiritualista... Mas, Santo Deus, olhe! Além, à espera, à porta da igreja, aquele sujeito compenetrado, de casaca, com paletó alvadio... É o apontador de Obras Públicas! E traz um grosso ramo de violetas... Elisa mandou o seu amante carnal acompanhar a cova e cobrir de flores o seu amante espiritual! Mas, nunca ela pediria ao José Matias para espalhar violetas sobre o cadáver do apontador! É que sempre a Matéria, mesmo sem o compreender, sem dele tirar a sua felicidade, adorará o Espírito, e sempre a si própria, através dos gozos que de si recebe, se tratará com brutalidade e desdém! Grande consolo, meu amigo, esse apontador com o seu ramo, para um metafísico que, como eu, comentou Espinosa e Malebranche, reabilitou Fichte e provou suficientemente a ilusão da sensação! Só por isso valeu a pena trazer à sua cova esse inexplicado José Matias, que era talvez muito mais que um homem — ou talvez ainda menos que um homem... — Com efeito, está frio... Mas que linda tarde!

Conto 3

Singularidades de uma rapariga loura

I

Começou por me dizer que o seu caso era simples — e que se chamava Macário...

Devo contar que conheci esse homem numa estalagem do Minho. Era alto e grosso; tinha uma calva larga, luzidia e lisa, com repas brancas que se lhe eriçavam em redor; e os seus olhos pretos, com a pele em roda engelhada e amarelada, e olheiras papudas, tinham uma singular clareza e retidão — por trás dos seus óculos redondos com aros de tartaruga. Tinha a barba rapada, o queixo saliente e resoluto. Trazia uma gravata de cetim negro apertada por trás com uma fivela; um casaco comprido cor de pinhão, com as mangas estreitas e justas e canhões de veludilho. E pela longa abertura do seu colete de seda, onde reluzia um grilhão antigo, saíam as pregas moles de uma camisa bordada.

Era isso em setembro; já as noites vinham mais cedo, com uma friagem fina e seca e uma escuridão aparatosa. Eu tinha descido da diligência, fatigado, esfomeado, tiritando num cobrejão de listas escarlates.

Vinha de atravessar a serra e os seus aspectos pardos e desertos. Eram oito horas da noite. Os céus estavam pesados e sujos. E, ou fosse um certo adormecimento cerebral produzido pelo rolar monótono da diligência, ou fosse a debilidade nervosa da fadiga, ou a influência da paisagem escarpada e chata, sobre o côncavo silêncio noturno, ou a opressão da eletricidade que enchia as alturas, o fato é que eu — que sou naturalmente positivo e realista — tinha vindo tiranizado pela imaginação e pelas quimeras. Existe no fundo de cada um de nós, é certo — tão friamente educados que sejamos —, um resto de misticismo; e basta às vezes uma paisagem soturna, o velho muro de um cemitério, um ermo ascético, as emolientes brancuras de um luar, para que esse fundo místico suba, siga como um nevoeiro, encha a alma, a sensação e a ideia, e fique assim o mais matemático, ou o mais crítico, tão triste, tão visionário, tão idealista — como um velho monge poeta. A mim, o que me lançara na quimera e no sonho fora o aspecto do Mosteiro de Restelo, que eu tinha visto, na claridade suave e outonal da tarde, na sua doce colina. Então, enquanto anoitecia, a diligência rolava continuamente ao trote esgalgado dos seus magros cavalos brancos, e o cocheiro, com o capuz do gabão enterrado na cabeça, ruminava o seu cachimbo — eu pus-me, elegiacamente, ridiculamente, a considerar a esterilidade da vida: e desejava ser um monge, estar num convento, tranquilo, entre arvoredos, ou na murmurosa concavidade de um vale, e, enquanto a água da cerca canta sonoramente nas bacias de pedra, ler a *Imitação* e, ouvindo os rouxinóis nos loureirais, ter saudades do Céu. Não se pode ser mais estúpido. Mas eu estava assim, e atribuo a essa disposição visionária a falta de espírito — a sensação — que me fez a história daquele homem dos canhões de veludilho.

A minha curiosidade começou à ceia, quando eu desfazia o peito de uma galinha afogada em arroz branco, com fatias escarlates de paio — e a criada, uma gorda e cheia de sardas, fazia espumar o vinho verde no copo, fazendo-o cair de alto de uma caneca vidrada. O homem estava defronte de mim, comendo tranquilamente a sua geleia: perguntei-lhe, com a boca cheia, o meu guardanapo de linho de Guimarães suspenso nos dedos — se ele era de Vila Real.

— Vivo lá. Há muitos anos — disse-me ele.
— Terra de mulheres bonitas, segundo me consta — disse eu.
O homem calou-se.
— Hem? — tornei.
O homem contraiu-se num silêncio saliente. Até aí estivera alegre, rindo dilatadamente; loquaz e cheio de bonomia. Mas então imobilizou o seu sorriso fino.

Compreendi que tinha tocado a carne viva de uma lembrança. Havia decerto no destino daquele velho uma "mulher". Aí estava o seu melodrama ou a sua farsa, porque inconscientemente estabeleci-me na ideia de que o "fato", o "caso" daquele homem, deveria ser grotesco e exalar escárnio.

De sorte que lhe disse:

— A mim têm-me afirmado que as mulheres de Vila Real são as mais bonitas do Norte. Para olhos pretos Guimarães, para corpos Santo Aleixo, para tranças os Arcos: é lá que se veem os cabelos claros cor de trigo.

O homem estava calado, comendo, com os olhos baixos.

— Para cinturas finas Viana, para boas peles Amarante — e para isso tudo Vila Real. Eu tenho um amigo que veio casar a Vila Real. Talvez conheça. O Peixoto, um alto, de barba loura, bacharel.

— O Peixoto, sim — disse-me ele, olhando gravemente para mim.

— Veio casar a Vila Real como antigamente se ia casar à Andaluzia — questão de arranjar a fina flor da perfeição.
— À sua saúde.

Eu evidentemente constrangia-o, porque se ergueu, foi à janela com um passo pesado, e eu reparei então nos seus grossos sapatos de casimira com sola forte e atilhos de couro. E saiu.

Quando pedi o meu castiçal, a criada trouxe-me um candeeiro de latão lustroso e antigo e disse:

— O senhor está com outro. É no nº 3.

Nas estalagens do Minho, às vezes, cada quarto é um dormitório impertinente.

— Vá — disse eu.

O nº 3 era no fundo do corredor. Às portas dos lados, os passageiros tinham posto o seu calçado para engraxar: estavam umas grossas botas de montar, enlameadas, com esporas de correia; os sapatos brancos de um caçador; botas de proprietário, de altos canos vermelhos; as botas de um padre, altas, com a sua borla de retrós; os botins cambados de bezerro, de um estudante; e a uma das portas, o nº 15, havia umas botinas de mulher, de duraque, pequeninas e finas, e ao lado as pequeninas botas de uma criança, todas coçadas e batidas, e os seus canos de pelica-mor caíam-lhe para os lados com os atacadores desatados. Todos dormiam. Defronte do nº 3 estavam os sapatos de casimira e atilhos; e, quando abri a porta, vi o homem dos canhões de veludilho, que amarrava na cabeça um lenço de seda: estava com uma jaqueta curta de ramagens, uma meia de lã, grossa e alta, e os pés metidos nuns chinelos de ourelo.

— O senhor não repare — disse ele.

— À vontade. — E para estabelecer intimidade tirei o casaco.

Não direi os motivos por que ele daí a pouco, já deitado, me disse a sua história. Há um provérbio eslavo da Galícia que diz: "O que não contas à tua mulher, o que não contas ao teu amigo, contá-lo a um estranho, na estalagem". Mas ele teve raivas inesperadas e dominantes para a sua larga e sentida confidência. Foi a respeito do meu amigo, do Peixoto, que fora casar a Vila Real. Vi-o chorar, aquele velho de quase sessenta anos. Talvez a história seja julgada trivial: a mim, que nessa noite estava nervoso e sensível, pareceu-me terrível — mas conto-a apenas como um acidente singular da vida amorosa...

Começou pois por me dizer que o seu caso era simples — e que se chamava Macário.

Perguntei-lhe então se era de uma família que eu conhecera, que tinha o apelido de Macário. E, como ele me respondeu que era primo desses, eu tive logo do seu caráter uma ideia simpática, porque os Macários eram uma antiga família, quase uma dinastia de comerciantes, que mantinham com uma severidade religiosa a sua velha tradição de honra e de escrúpulo. Macário disse-me que nesse tempo, em 1823 ou 33, na sua mocidade, seu tio Francisco tinha, em Lisboa, um armazém de panos, e ele era um dos caixeiros. Depois o tio compenetrara-se de certos instintos inteligentes e do talento prático e aritmético de Macário, e deu-lhe a escrituração. Macário tornou-se o seu "guarda-livros".

Disse-me ele que, sendo naturalmente linfático e mesmo tímido, a sua vida tinha nesse tempo uma grande concentração. Um trabalho escrupuloso e fiel, algumas raras merendas no campo, um apuro saliente de fato e de roupas brancas, era todo o interesse da sua vida. A existência, nesse tempo, era caseira e apertada. Uma grande simplicidade social aclarava os costumes: os espíritos eram mais ingênuos, os sentimentos menos complicados.

Jantar alegremente numa horta, debaixo das parreiras, vendo correr a água das regas — chorar com os melodramas que rugiam entre os bastidores do Salitre, alumiados a cera, eram contentamentos que bastavam à burguesia cautelosa. Além disso, os tempos eram confusos e revolucionários: e nada torna o homem recolhido, aconchegado à lareira, simples e facilmente feliz como a guerra. É a paz que, dando os vagares da imaginação, causa as impaciências do desejo.

Macário, aos vinte e dois anos, ainda não tinha — como lhe dizia uma velha tia, que fora querida do desembargador Curvo Semedo, da Arcádia — "sentido Vênus".

Mas por esse tempo veio morar defronte do armazém dos Macários, para um terceiro andar, uma mulher de quarenta anos, vestida de luto, uma pele branca e baça, o busto bem feito e redondo e um aspecto desejável. Macário tinha a sua carteira no primeiro andar por cima do armazém, ao pé de uma varanda, e dali viu uma manhã aquela mulher com o cabelo preto solto e anelado, um chambre branco e braços nus, chegar-se a uma pequena janela de peitoril, a sacudir um vestido. Macário afirmou-se e, sem mais intenção, dizia mentalmente que aquela mulher, aos vinte anos, devia ter sido uma pessoa cativante e cheia de domínio: porque os seus cabelos violentos e ásperos, o sobrolho espesso, o lábio forte, o perfil aquilino e firme, revelavam um temperamento ativo e imaginações apaixonadas. No entanto, continuou serenamente alinhando as suas cifras. Mas, à noite, estava sentado fumando à janela do seu quarto, que abria sobre o pátio — era em julho e a atmosfera estava elétrica e amorosa; a rabeca de um vizinho gemia uma xácara mourisca, que então sensibilizava e era de um melodrama; o quarto estava numa penumbra doce e cheia de mistério — e Macário, que estava em chinelas, começou a lembrar-se daqueles cabelos negros e fortes e daqueles braços que tinham a cor dos mármores pálidos; espreguiçou-se, rolou morbidamente a cabeça pelas costas da cadeira de vime, como os gatos sensíveis que se esfregam, e decidiu, bocejando, que a sua vida era monótona. E ao outro dia, ainda impressionado, sentou-se à sua carteira com a janela toda aberta, e, olhando o prédio fronteiro, onde viviam aqueles cabelos grandes, começou a aparar vagarosamente a sua pena de rama. Mas ninguém se chegou à janela de peitoril, com caixilhos verdes. Macário estava enfastiado, pesado — e o trabalho foi lento. Pareceu-lhe que havia na rua um sol alegre e que nos campos as sombras deviam ser mimosas e que se estaria bem vendo o palpitar das borboletas brancas nas madressilvas! E, quando fechou a carteira, sentiu defronte correr-se a vidraça; eram decerto os cabelos pretos. Mas apareceram uns cabelos louros. Oh! E Macário veio logo salientemente para a varanda aparar um lápis. Era uma rapariga de vinte anos, talvez — fina, fresca, loura como uma vinheta inglesa: a brancura da pele tinha alguma coisa da transparência das velhas porcelanas, e havia no seu perfil uma linha pura, como de uma medalha antiga, e os velhos poetas pitorescos ter-lhe-iam chamado — pomba, arminho, neve e ouro.

Macário disse consigo:

— É filha.

A outra vestia de luto, mas essa, a loura, tinha um vestido de cassa com pintas azuis, um lenço de cambraia traspassado sobre o peito, as mangas pendidas com rendas, e tudo aquilo era asseado, moço, fresco, flexível e tenro.

Macário, nesse tempo, era louro, com a barba curta. O cabelo era anelado e a sua figura devia ter aquele ar seco e nervoso que depois do século XVIII e da Revolução foi tão vulgar nas raças plebeias.

A rapariga loura reparou naturalmente em Macário, e naturalmente desceu a vidraça, correndo por trás uma cortina de cassa bordada. Essas pequenas cortinas datam de Goethe e têm na vida amorosa um interessante destino: revelam. Levantar-lhe uma ponta e espreitar, franzi-la suavemente, revela um fim; corrê-la, pregar nela uma flor, agitá-la fazendo sentir que por trás um rosto atento se move e espera — são velhas maneiras com que na realidade e na arte começa o romance. A cortina ergueu-se devagarinho e o rosto louro espreitou.

Macário não me contou por pulsações a história minuciosa do seu coração. Disse singelamente que daí a cinco dias — "estava doido por ela". O seu trabalho tornou-se logo vagaroso e infiel, e o seu belo cursivo inglês, firme e largo, ganhou curvas, ganchos, rabiscos, onde estava todo o romance impaciente dos seus nervos. Não a podia ver pela manhã: o sol mordente de julho batia e escaldava a pequena janela de peitoril. Só pela tarde a cortina se franzia, se corria a vidraça, e ela, estendendo uma almofadinha no rebordo do peitoril, vinha encostar-se mimosa e fresca com o seu leque. Leque que preocupou Macário: era uma ventarola chinesa, redonda, de seda branca com dragões escarlates bordados à pena, uma cercadura de plumagem azul, fina e trêmula como uma penugem, e o seu cabo de marfim, donde pendiam duas borlas de fio de ouro, tinha incrustações de nácar à linda maneira persa.

Era um leque magnífico e, naquele tempo, inesperado nas mãos plebeias de uma rapariga vestida de cassa. Mas, como ela era loura e a mãe tão meridional, Macário, com essa intuição interpretativa dos namorados, disse à sua curiosidade: "Será filha de um inglês". O inglês vai à China, à Pérsia, a Ormuz, à Austrália e vem cheio daquelas joias dos luxos exóticos, e nem Macário sabia porque é que aquela ventarola de mandarina o preocupava assim: mas, segundo ele me disse — "aquilo deu-lhe no goto".

Tinha-se passado uma semana, quando um dia Macário viu, da sua carteira, que ela, a loura, saía com a mãe, porque se acostumara a considerar mãe dela aquela magnífica pessoa, magnificamente pálida e vestida de luto.

Macário veio à janela e viu-as atravessar a rua e entrarem no armazém. No seu armazém! Desceu logo trêmulo, sôfrego, apaixonado e com palpitações. Estavam elas já encostadas ao balcão e um caixeiro desdobrava-lhes defronte casimiras pretas. Isso comoveu Macário. Ele mesmo mo disse.

— Porque, enfim, meu caro, não era natural que elas viessem comprar, para si, casimiras pretas.

E não: elas não usavam "amazonas", não quereriam decerto estofar cadeiras com casimira preta, não havia homens em casa delas; portanto, aquela vinda ao armazém era um meio delicado de o ver de perto, de lhe falar, e tinha o encanto penetrante de uma mentira sentimental. Eu disse a Macário que, sendo assim, ele devia estranhar aquele movimento amoroso porque denotava na mãe uma cumplicidade equívoca. Ele confessou-me "que nem pensava em tal". O que fez foi chegar ao balcão e dizer estupidamente:

— Sim, senhor, vão bem servidas; estas casimiras não encolhem.

E a loura ergueu para ele o seu olhar azul, e foi como se Macário se sentisse envolvido na doçura de um céu.

Mas, quando ele ia dizer-lhe uma palavra reveladora e veemente, apareceu ao fundo do armazém o tio Francisco, com o seu comprido casaco cor de pinhão, de botões amarelos. Como era singular e desusado achar-se o senhor guarda-livros vendendo ao balcão, e o tio Francisco, com a sua crítica estreita e celibatária, podia escandalizar-se, Macário começou a subir vagarosamente a escada em caracol que levava ao escritório e ainda ouviu a voz delicada da loura dizer brandamente:

— Agora queria ver lenços da Índia.

E o caixeiro foi buscar um pequenino pacote daqueles lenços, acamados e apertados numa tira de papel dourado.

Macário, que tinha visto naquela visita uma revelação de amor, quase uma "declaração", esteve todo o dia entregue às impaciências amargas da paixão. Andava distraído, abstrato, pueril, não deu atenção à escrituração, jantou calado, sem escutar o tio Francisco, que exaltava as almôndegas, mal reparou no seu ordenado, que lhe foi pago em pintos às três horas, e não entendeu bem as recomendações do tio e a preocupação dos caixeiros sobre o desaparecimento de um pacote de lenços da Índia.

— É o costume de deixar entrar pobres no armazém — tinha dito, no seu laconismo majestoso, o tio Francisco. — São doze mil réis de lenços. Lance à minha conta.

Macário, no entanto, ruminava secretamente uma carta, mas sucedeu que ao outro dia, estando ele à varanda, a mãe, a de cabelos pretos, veio encostar-se ao peitoril da janela, e nesse momento passava na rua um rapaz amigo de Macário, que vendo aquela senhora, afirmou-se e tirou-lhe, com uma cortesia toda risonha, o seu chapéu de palha. Macário ficou radioso: logo nessa noite procurou o seu amigo, e abruptamente, sem meia-tinta:

— Quem é aquela mulher que tu hoje cumprimentaste defronte do armazém?
— É a Vilaça. Bela mulher.
— E a filha?
— A filha!
— Sim, uma loura, clara, com um leque chinês.
— Ah! Sim. É filha.
— É o que eu dizia...
— Sim, e então?
— É bonita.
— É bonita.
— É gente de bem, hem?
— Sim, gente de bem.
— Está bom! Tu conhece-las muito?
— Conheço-as. Muito não. Encontrava-as dantes em casa de D. Cláudia.
— Bem, ouve lá.

E Macário, contando a história do seu coração acordado e exigente e falando do amor com as exaltações de então, pediu-lhe como a glória da sua vida "que achasse um meio de o encaixar lá". Não era difícil. As Vilaças costumavam ir aos sábados a casa de um tabelião muito rico da rua dos Calafates: eram assembleias simples e pacatas, onde se cantavam motetes ao cravo, se glosavam motes e havia jogos de prendas do tempo da senhora D. Maria I, e às nove horas a criada servia a orchata. Bem. Logo no primeiro sábado, Macário, de casaca azul, calças de ganga com presilhas de trama de metal, gravata de cetim roxo, curvava-se diante da esposa do tabelião, a sra. D. Maria da Graça, pessoa seca e aguçada, com um vestido bordado a matiz, um nariz adunco, uma enorme luneta de tartaruga, a pluma de marabut nos seus cabelos grisalhos. A um canto da sala já lá estava, entre

um fru-fru de vestidos enormes, a menina Vilaça, a loura, vestida de branco, simples, fresca, com o seu ar de gravura colorida. A mãe Vilaça, a soberba mulher pálida, cochichava com um desembargador de figura apoplética. O tabelião era homem letrado, latinista e amigo das musas; escrevia num jornal de então, a *Alcofa das Damas*: porque era sobretudo galante, e ele mesmo se intitulava, numa ode pitoresca, "moço escudeiro de Vênus". Assim, as suas reuniões eram ocupadas pelas belas-artes — e, numa noite, um poeta do tempo devia vir ler um poemeto intitulado "Elmira ou a vingança do veneziano"!... Começavam então a aparecer as primeiras audácias românticas. As revoluções da Grécia principiavam a atrair os espíritos romanescos e saídos da mitologia para os países maravilhosos do Oriente. Por toda a parte se falava no paxá de Janina. E a poesia apossava-se vorazmente desse mundo novo e virginal de minaretes, serralhos, sultanas cor de âmbar, piratas do Arquipélago e salas rendilhadas, cheias de perfume do aloés, onde paxás decrépitos acariciam leões.
— De sorte que a curiosidade era grande — e, quando o poeta apareceu com os cabelos compridos, o nariz adunco e fatal, o pescoço entalado na alta gola do seu fraque à Restauração e um canudo de lata na mão — o sr. Macário é que não teve sensação alguma, porque lá estava todo absorvido, falando com a menina Vilaça. E dizia-lhe meigamente:

— Então, noutro dia, gostou das casimiras?
— Muito — disse ela baixo.

E, desde esse momento, envolveu-os um destino nupcial.
No entanto, na larga sala, a noite passava-se espiritualmente. Macário não pôde dar todos os pormenores históricos e característicos daquela assembleia. Lembrava-se apenas que um corregedor de Leiria recitava o "Madrigal a Lídia": lia-o de pé, com uma luneta redonda aplicada sobre o papel, a perna direita lançada para diante, a mão na abertura do colete branco de gola alta. E em redor, formando círculo, as damas, com vestidos de ramagens, cobertas de plumas, as mangas estreitas, terminadas num fofo de rendas, mitenes de retrós preto cheias da cintilação dos anéis, tinham sorrisos ternos, cochichos, doces murmurações, risinhos e um brando

palpitar de leques recamados de lantejoulas. "Muito bonito", diziam, "muito bonito!". E o corregedor, desviando a luneta, cumprimentava sorrindo — e via-se-lhe um dente podre.

Depois, a preciosa D. Jerônima da Piedade e Sande, sentando-se com maneiras comovidas ao cravo, cantou com a sua voz roufenha a antiga ária de Sully:

> *Oh Ricardo, oh meu rei,*
> *O mundo te abandona.*

O que obrigou o terrível Gaudêncio, democrata de 20 e admirador de Robespierre, a rosnar rancorosamente junto de Macário:

— Reis!... Víboras!

Depois o cônego Saavedra cantou uma modinha de Pernambuco muito usada no tempo do senhor D. João VI: "Linhas moças, lindas moças". E a noite ia assim correndo, literária, pachorrenta, erudita, requintada e toda cheia de musas.

Oito dias depois, Macário era recebido em casa da Vilaça, num domingo. A mãe convidara-o, dizendo-lhe:

— Espero que o vizinho honre aquela choupana.

E até o desembargador apoplético, que estava ao lado, exclamou:

— Choupana?! Diga alcáçar, formosa dama!

Estavam, nessa noite, o amigo do chapéu de palha, um velho cavaleiro de Malta, trôpego, estúpido e surdo, um beneficiado da Sé, ilustre pela sua voz de tiple, e as manas Hilárias, a mais velha das quais, tendo assistido, como aia de uma senhora da Casa da Mina, à tourada de Salvaterra, em que morreu o conde dos Arcos, nunca deixava de narrar os episódios pitorescos daquela tarde: a figura do conde dos Arcos de cara rapada e uma fita de cetim escarlate no rabicho; o soneto que um magro poeta, parasita da Casa de Vimioso, recitou quando o conde entrou, fazendo ladear o seu cavalo negro, arreado à espanhola, com um xairel onde as suas armas estavam lavradas em prata; o tombo que nesse momento um frade de S. Francisco deu na trincheira alta, e a hilaridade da corte, que até a sra. condessa de Povolide apertava as mãos nas ilhargas; depois, el-rei, o senhor D. José I, vestido de veludo escarlate, recamado de ouro, todo encostado ao rebordo do seu palanque, e fazendo girar entre os dedos a sua caixa de rapé cravejada, e por trás, imóveis, o físico Lourenço e o frade seu confessor; depois, o rico aspecto da praça cheia de gente de Salvaterra, maiorais, mendigos dos arredores, frades, lacaios, e o grito que houve quando D. José I entrou: "Viva el-rei, nosso senhor!". E o povo ajoelhou, e el-rei tinha-se sentado, comendo doces, que um criado trouxe num saco de veludo atrás dele. Depois, a morte do conde dos Arcos, os desmaios, e até el-rei todo debruçado, batendo com a mão no parapeito, gritava na confusão, e o capelão da Casa dos Arcos, que tinha corrido a buscar a extrema-unção. Ela, Hilária, ficara estarrecida de pavor: sentia os urros dos bois, gritos agudos de mulheres, os ganidos dos flatos, e vira então um velho, todo vestido de veludo preto, com a fina espada na mão, debater-se entre fidalgos e damas que o seguravam, e querer atirar-se à praça, braminndo de raiva! "É o pai do conde!", explicavam em volta. Ela, então, desmaiara nos braços de um padre da Congregação. Quando veio a si, achou-se junto da praça; a berlinda real estava à porta, com os boleeiros emplumados, os machos cheios de guizos e os batedores a cavalo, à frente; via-se lá dentro el-rei, escondido ao fundo, pálido, sorvendo febrilmente rapé, todo encolhido com o confessor; e defronte, com uma das mãos apoiada à alta bengala, forte, espadaúdo, o aspecto carregado, o marquês de Pombal falava devagar e intimativamente, gesticulando com a luneta. Mas os batedores picaram, os estalos dos baleeiros retiniram e a berlinda partiu a galope, enquanto o povo gritava: "Viva el-rei, nosso senhor!" — e o sino da capela do paço tocava a finados! Era uma honra que el-rei concedia à Casa dos Arcos.

Quando D. Hilária acabou de contar, suspirando, essas desgraças passadas, começou-se a jogar. Era singular que Macário não se lembrava o que tinha jogado nessa noite radiosa. Só se recordava que tinha ficado ao lado da menina Vilaça (que se chamava Luísa) que reparara muito na sua fina pele rosada, tocada de luz, e na meiga e amorosa pequenez da sua mão, com uma unha mais polida que o marfim de Diepe. E lembrava-se também de um acidente excêntrico, que determinara nele, desde esse dia, uma grande hostilidade ao clero da Sé. Macário estava sentado à mesa, e ao pé dele Luísa. Luísa estava toda voltada para ele, com uma das mãos apoiando a sua fina cabeça loura e amorosa, e a outra esquecida no regaço. Defronte estava o beneficiado, com o seu barrete preto, os seus óculos na ponta aguda do nariz, o tom azulado da forte barba rapada e as suas duas grandes orelhas, complicadas e cheias de cabelo, separadas do crânio como dois postigos abertos. Ora, como era necessário no fim do jogo pagar uns tentos ao cavaleiro de Malta, que estava ao lado do beneficiado, Macário tirou da algibeira uma peça e, quando o cavaleiro, todo curvado e com um olho pisco, fazia a soma dos tentos nas costas de um ás, Macário conversava com Luísa e fazia girar sobre o pano verde a sua peça de ouro, como um bilro ou um pião. Era uma peça nova que luzia, faiscava, rodando, e feria a vista como uma bola de névoa dourada. Luísa sorria vendo-a girar, girar, e parecia a Macário que todo o céu, a pureza, a bondade das flores e a castidade das estrelas estavam naquele claro sorriso distraído, espiritual, arcangélico, com que ela seguia o giro fulgurante da peça de ouro nova. Mas, de repente, a peça, correndo até a borda da mesa, caiu para o lado do regaço de Luísa e desapareceu, sem se ouvir no soalho de tábuas o seu ruído metálico. O beneficiado abaixou-se logo cortesmente; Macário afastou a cadeira, olhando para debaixo da mesa; a mãe Vilaça alumiou com um castiçal, e Luísa ergueu-se e sacudiu com pequenina pancada o seu vestido de cassa. A peça não apareceu.

— É célebre — disse o amigo de chapéu de palha — eu não ouvi tinir no chão.

— Nem eu, nem eu — disseram.

O beneficiado, curvado, buscava tenazmente, e a Hilária mais nova rosnava o responso de Santo Antônio.

— Pois a casa não tem buracos — dizia a mãe Vilaça.

— Sumiço assim! — resmungava o beneficiado.

— No entanto, Macário exalava-se em exclamações desinteressadas:

— Pelo amor de Deus! Ora que tem! Amanhã aparecerá! Tenham a bondade! Por quem são! Então, sra. D. Luísa! Pelo amor de Deus! Não vale nada.

Mas mentalmente estabeleceu que houvera uma subtração — e atribuiu-a ao beneficiado. A peça rolara, decerto, até junto dele, sem ruído; ele pusera-lhe em cima o seu vasto sapato eclesiástico e tachado, depois, no movimento brusco e curto que tivera, empolgara-a vilmente. E, quando saíram, o beneficiado, todo embrulhado no seu vasto capote de camelão, dizia a Macário pela escada:

— Ora, o sumiço da peça, hem? Que brincadeira!

— Acha, sr. beneficiado?! — disse Macário parando, pasmado da impudência.

— Ora essa! Se acho?! Se lhe parece! Uma peça de sete mil réis! Só se o senhor as semeia... Safa! Eu dava em doido!

Macário teve tédio daquela astúcia fria. Não lhe respondeu. O beneficiado é que acrescentou:

— Amanhã mande lá pela manhã, homem. Que diabo... Deus me perdoe! Que diabo! Uma peça não se perde assim. Que bolada, hem!

E Macário tinha vontade de lhe bater.

Foi nesse ponto que Macário me disse, com a sua voz singularmente sentida:

— Enfim, meu amigo, para encurtarmos razões, resolvi-me casar com ela.

— Mas, e a peça?

— Não pensei mais nisso! Pensava eu lá na peça! Resolvi-me casar com ela!

II

Macário contou-me o que o determinara mais precisamente àquela resolução profunda e perpétua. Foi um beijo. Mas esse caso, casto e simples, eu calo-o — mesmo porque a única testemunha foi uma imagem em gravura da Virgem que estava pendurada, no seu caixilho de pau-preto, na saleta escura que abria para a escada... Um beijo fugitivo, superficial, efêmero. Mas isso bastou ao seu espírito reto e severo para o obrigar a toma-la como esposa, a dar-lhe uma fé imutável e a posse da sua vida. Tais foram os seus esponsais. Aquela simpática sombra de janelas vizinhas tornara-se para ele um destino, o fim moral da sua vida e toda a ideia dominante do seu trabalho. E esta história toma, desde logo, um alto caráter de santidade e de tristeza.

Macário falou-me muito do caráter e da figura do tio Francisco; a sua possante estatura, os seus óculos de ouro, a sua barba grisalha, em colar, por baixo do queixo, um tique nervoso que tinha numa asa do nariz, a dureza da sua voz, a sua austera e majestosa tranquilidade, os seus princípios antigos, autoritários e tirânicos e a brevidade telegráfica das suas palavras.

Quando Macário lhe disse, uma manhã, ao almoço, abruptamente, sem transições emolientes: "Peço-lhe licença para casar", o tio Francisco, que deitava o açúcar no seu café, ficou calado, remexendo com a colher, devagar, majestoso e terrível; e, quando acabou de sorver pelo pires, com grande ruído, tirou do pescoço o guardanapo, dobrou-o, aguçou com a faca o seu palito, meteu-o na boca e saiu; mas à porta da sala parou e, voltando-se para Macário, que estava de pé, junto da mesa, disse secamente:

— Não.
— Perdão, tio Francisco!
— Não.
— Mas ouça, tio Francisco...
— Não.

Macário sentiu uma grande cólera:
— Nesse caso, faço-o sem licença.
— Despedido da casa.
— Sairei. Não haja dúvida.
— Hoje.
— Hoje.

E o tio Francisco ia a fechar a porta, mas voltando-se:
— Olá! — disse ele a Macário, que estava exasperado, apoplético, raspando nos vidros da janela.

Macário voltou-se com uma esperança.

— Dê-me daí a caixa do rapé — disse o tio Francisco.
Tinha-lhe esquecido a caixa! Portanto, estava perturbado.
— Tio Francisco... — começou Macário.
— Basta. Estamos a doze. Receberá o seu mês por inteiro. Vá.
As antigas educações produziam essas situações insensatas. Era brutal e idiota. Macário afirmou-me que era assim.

Nessa tarde, Macário achava-se no quarto de uma hospedaria da Praça da Figueira com seis peças, o seu baú de roupa branca e a sua paixão. No entanto, estava tranquilo. Sentia o seu destino cheio de apuros. Tinha relações e amizades no comércio. Era conhecido vantajosamente: a nitidez do seu trabalho, a sua honra tradicional, o nome da família, o seu tato comercial, o seu belo cursivo inglês, abriam-lhe, de par em par, respeitosamente, todas as portas dos escritórios. No outro dia foi procurar alegremente o negociante Faleiro, antiga relação comercial da sua casa.

— De muito boa vontade, meu amigo — disse-me ele.
— Quem mo dera cá. Mas, se o recebo, fico de mal com seu tio, meu velho amigo de vinte anos. Ele declarou-mo categoricamente. Bem vê. Força maior. Eu sinto, mas...

E todos a quem Macário se dirigiu, confiado em relações sólidas, receavam "ficar de mal com seu tio, meu velho amigo de vinte anos".

E todos "sentiam", mas...

Macário dirigiu-se então a negociantes novos, estranhos à sua casa e à sua família, e sobretudo aos estrangeiros: esperava encontrar gente livre da amizade de vinte anos do tio. Mas, para esses, Macário era desconhecido, e desconhecidos por igual a sua dignidade e o seu hábil trabalho. Se tomavam informações, sabiam que ele fora despedido da casa do tio repentinamente, por causa de uma rapariga loura, vestida de cassa. Essa circunstância tirava as simpatias a Macário. O comércio evita o guarda-livros sentimental. De sorte que Macário começou a sentir-se num momento agudo. Procurando, pedindo, rebuscando, o tempo passava, sorvendo, pinto a pinto, as suas seis peças.

Macário mudou para uma estalagem barata e continuou farejando. Mas, como fora sempre de temperamento recolhido, não criara amigos. De modo que se encontrava desamparado e solitário — e a vida aparecia-lhe como um descampado.

As peças findaram. Macário entrou, pouco a pouco, na tradição antiga da miséria. Ela tem solenidades fatais e estabelecidas: começou por empenhar — depois vendeu. Relógio, anéis, casaco azul, cadeia, paletó de alamares, tudo foi levando pouco a pouco, embrulhado debaixo de xale, uma velha seca e cheia de asma.

No entanto, via Luísa de noite, na saleta escura que dava para o patamar: uma lamparina ardia em cima da mesa; era feliz ali naquela penumbra, todo sentado castamente, ao pé de Luísa, a um canto de um velho canapé de palhinha. Não a via de dia, porque trazia já a roupa usada, as botas cambadas, e não queria mostrar à fresca Luísa, toda mimosa nas suas cambraias asseadas, a sua miséria remendada: ali, àquela luz tênue e esbatida, ele exalava a sua paixão crescente e escondia o seu fato decadente. Segundo me disse Macário — era muito singular o temperamento de Luísa. Tinha o caráter louro como o cabelo — se é certo que o louro é uma cor fraca e desbotada; falava pouco, sorria sempre com os seus brancos dentinhos, dizia a tudo "pois sim"; era mais simples, quase indiferente, cheia de transigências.

Amava decerto Macário, mas com todo o amor que podia dar a sua natureza débil, aguada, nula. Era como uma estriga de linho, fiava-se como se queria e, às vezes, naqueles encontros noturnos, tinha sono.

Um dia, porém, Macário encontrou-a excitada: estava com pressa, o xale traçado à toa, olhando sempre para a porta interior.

— A mamã percebeu — disse ela.

E contou-lhe que a mãe desconfiava, ainda rabugenta e áspera, e que decerto farejava aquele plano nupcial tramado como uma conjuração.

— Por que não me vens pedir à mamã?

— Mas, filha, se eu não posso! Não tenho arranjo nenhum. Espera. É mais um mês talvez. Tenho agora aí um negócio em bom caminho. Morríamos de fome.

Luísa calou-se, torcendo a ponta do xale, com os olhos baixos.

— Mas ao menos — disse ela —, enquanto eu te não fizer sinal da janela, não subas mais, sim?

Macário rompeu a chorar, os soluços saíam violentos e desesperados.

— Chut! — dizia-lhe Luísa. — Não chores alto!...

Macário contou-me a noite que passou, ao acaso, pelas ruas, ruminando febrilmente a sua dor, e lutando, sob a friagem de janeiro, na sua quinzena curta. Não dormiu e logo pela manhã, ao outro dia, entrou como uma rajada no quarto do tio Francisco e disse-lhe abruptamente, secamente:

— É tudo o que tenho — e mostrava-lhe três pintos. — Roupa, estou sem ela. Vendi tudo. Daqui a pouco tenho fome.

O tio Francisco, que fazia a barba à janela, com o lenço da Índia amarrado na cabeça, voltou-se e, pondo os óculos, fitou-o.

— A sua carteira lá está. Fique — e acrescentou com um gesto decisivo — solteiro.

— Tio Francisco, ouça-me!...

— Solteiro, disse eu — continuou o tio Francisco, dando o fio à navalha numa tira de sola.

— Não posso.

— Então, rua!

Macário saiu, estonteado. Chegou a casa, deitou-se, chorou e adormeceu. Quando saiu, à noitinha, não tinha resolução, nem ideia. Estava como uma esponja saturada. Deixava-se ir.

De repente, uma voz disse de dentro de uma loja:

— Eh! Pst! Olá!

Era o amigo do chapéu de palha: abriu grandes braços pasmados.

— Que diacho! Desde manhã que te procuro.

E contou-lhe que tinha chegado da província, tinha sabido a sua crise e trazia-lhe um desenlace.

— Queres?

— Tudo.

Uma casa comercial queria um homem hábil, resoluto e duro, para ir numa comissão difícil e de grande ganho a Cabo Verde.

— Pronto! — disse Macário. — Pronto! Amanhã.

E foi logo escrever a Luísa, pedindo-lhe uma despedida, um último encontro, aquele em que os braços desolados e veementes tanto custam a desenlaçar-se. Foi. Encontrou-a toda embrulhada no seu xale, tiritando de frio. Macário chorou. Ela, com a sua passiva e loura doçura, disse-lhe:

— Fazes bem. Talvez ganhes.

E ao outro dia Macário partiu.

Conheceu as viagens trabalhosas nos mares inimigos, o enjoo monótono num beliche abafado, os duros sóis das colônias, a brutalidade tirânica dos fazendeiros ricos, o peso dos fardos humilhantes, as dilacerações da ausência, as viagens ao interior das terras negras e a melancolia das caravanas que costeiam por violentas noites, durante dias e dias, os rios tranquilos, donde se exala a morte.

Voltou.

E logo nessa tarde a viu a ela, Luísa, clara, fresca, repousada, serena, encostada ao peitoril da janela, com a sua ventarola chinesa. E ao outro dia, sofregamente, foi pedi-la à mãe. Macário tinha feito um ganho saliente — e a mãe Vilaça abriu-lhe uns grandes braços amigos, cheia de exclamações. O casamento decidiu-se para daí a um ano.

— Por quê? — disse eu a Macário.

E ele explicou-me que os lucros de Cabo Verde não podiam constituir um capital definitivo: eram apenas um capital de habilitação. Trazia de Cabo Verde elementos de poderosos negócios: trabalharia, durante um ano, heroicamente, e ao fim poderia, sossegadamente, criar uma família.

E trabalhou: pôs naquele trabalho a força criadora da sua paixão. Erguia-se de madrugada, comia à pressa, mal falava. À tardinha ia visitar Luísa. Depois voltava sofregamente para a fadiga, como um avaro para o seu cofre. Estava grosso, forte, duro, fero: servia-se com o mesmo ímpeto das ideias e dos músculos; vivia numa tempestade de cifras. Às vezes Luísa, de passagem, entrava no seu armazém: aquele pousar de ave fugitiva dava-lhe alegria, valor, fé, reconforto para todo um mês cheiamente trabalhado.

Por esse tempo, o amigo do chapéu de palha veio pedir a Macário que fosse seu fiador por uma grande quantia, que ele pedira para estabelecer uma loja de ferragens em grande. Macário, que estava no vigor do seu crédito, cedeu com alegria. O amigo do chapéu de palha é que lhe dera o negócio providencial de Cabo Verde. Faltavam então dois meses para o casamento. Macário já sentia, por vezes, subirem-lhe ao rosto as febris vermelhidões da esperança. Já começara a tratar dos banhos. Mas um dia o amigo do chapéu de palha desapareceu com a mulher de um alferes. O seu estabelecimento estava em começo. Era uma confusa aventura. Não se pôde nunca precisar nitidamente aquele imbróglio doloroso. O que era positivo é que Macário era fiador, Macário devia reembolsar. Quando o soube, empalideceu e disse simplesmente:

— Liquido e pago!

E, quando liquidou, ficou outra vez pobre. Mas nesse mesmo dia, como o desastre tivera uma grande publicidade e a sua honra estava santificada na opinião, a casa Peres & Cia., que o mandara a Cabo Verde, veio propor-lhe uma outra viagem e outros ganhos.

— Voltar a Cabo Verde outra vez!

— Faz outra vez fortuna, homem. O senhor é o Diabo! — disse o sr. Eleutério Peres.

Quando se viu assim, só e pobre, Macário desatou a chorar. Tudo estava perdido, findo, extinto; era necessário recomeçar pacientemente a vida, voltar às longas misérias de Cabo Verde, tornar a tremer os passados desesperos, suar os antigos suores! E Luísa? Macário escreveu-lhe. Depois, rasgou a carta. Foi a casa dela: as janelas tinham luz; subiu até o primeiro andar, mas aí tomou-o uma mágoa, uma covardia de revelar o desastre, o pavor trêmulo de uma separação, o terror de ela se recusar, negar-se, hesitar! E quereria ela esperar mais? Não se atreveu a falar, explicar, pedir; desceu, pé ante pé. Era noite. Andou ao acaso pelas ruas: havia um sereno e silencioso luar. Ia sem saber: de repente ouviu, de uma janela alumiada, uma rabeca que tocava a xácara mourisca. Lembrou-se do tempo em que conhecera Luísa, do bom sol claro que havia então e do vestido dela, de cassa com

pintas azuis! Estava na rua onde eram os armazéns do tio. Foi
caminhando. Pôs-se a olhar para a sua antiga casa. A janela
do escritório estava fechada. Quantas vezes dali vira Luísa e
o brando movimento do seu leque chinês! Mas uma janela,
no segundo andar, tinha luz: era o quarto do tio. Macário vai
observar mais de longe; uma figura estava encostada, por
dentro, à vidraça: era o tio Francisco. Veio-lhe uma saudade
de todo o seu passado simples, retirado, plácido. Lembrava-
-lhe o seu quarto, e a velha carteira com fecho de prata, e a
miniatura de sua mãe, que estava por cima da barra do leito; a
sala de jantar e o seu velho aparador de pau-preto, e a grande
caneca de água, cuja asa era uma serpente irritada. Decidiu-se,
e, impelido por um instinto, bateu à porta. Bateu outra vez.
Sentiu abrir a vidraça e a voz do tio perguntar:

— Quem é?

— Sou eu, tio Francisco, sou eu. Venho dizer-lhe adeus.

A vidraça fechou-se, e daí a pouco a porta abriu-se com
um grande ruído de ferrolhos. O tio Francisco tinha um
candeeiro de azeite na mão. Macário achou-o magro, mais
velho. Beijou-lhe a mão.

— Suba — disse o tio.

Macário ia calado, cosido com o corrimão.

Quando chegou ao quarto, o tio Francisco pousou o candeeiro sobre uma larga mesa de pau-santo, e de pé, com as
mãos nos bolsos, esperou.

Macário estava calado, anediando a barba.

— Que quer? — gritou-lhe o tio.

— Vinha dizer-lhe adeus; volto para Cabo Verde.

— Boa viagem.

E o tio Francisco, voltando-lhe as costas, foi rufar na
vidraça. Macário ficou imóvel, deu dois passos no quarto,
todo revoltado, e ia sair.

— Onde vai, seu estúpido? — gritou-lhe o tio.

— Vou-me.

— Sente-se ali!

E o tio Francisco falava, com grandes passadas pelo quarto:

— O seu amigo é um canalha! Loja de ferragens! Não está
má! O senhor é um homem de bem. Estúpido, mas homem

de bem. Sente-se ali! Sente-se! O seu amigo é um canalha! O senhor é um homem de bem! Foi a Cabo Verde! Bem sei! Pagou tudo. Está claro! Também sei! Amanhã faz o favor de ir para a sua carteira, lá para baixo. Mandei pôr palhinha nova na cadeira. Faz favor de pôr na fatura Macário & Sobrinho. E case. Case, e que lhe preste! Levante dinheiro. O senhor precisa de roupa branca e de mobília. E meta na minha conta. A sua cama lá está feita.

Macário, estonteado, radioso, com lágrimas nos olhos queria abraçá-lo.

— Bem, bem. Adeus!

Macário ia sair.

— Oh! Burro, pois quer-se ir desta sua casa?

E indo a um pequeno armário trouxe geleia, um covilhete de doce, uma garrafa antiga de porto e biscoitos.

— Coma.

E, sentando-se ao pé dele e tornando a chamar-lhe estúpido, tinha uma lágrima a correr-lhe pelo engelhado da pele.

De sorte que o casamento foi decidido para dali a um mês. E Luísa começou a tratar do seu enxoval.

Macário estava então na plenitude do amor e da alegria.

Via o fim da sua vida preenchido, completo, feliz. Estava quase sempre em casa da noiva, e um dia andando a acompanhá-la, em compras, pelas lojas, ele mesmo lhe quisera fazer um pequeno presente. A mãe tinha ficado numa modista, num primeiro andar da rua do Ouro, e eles tinham descido, alegremente, rindo, a um ourives que havia em baixo, no mesmo prédio, na loja.

O dia estava de inverno, claro, fino, frio, com um grande céu azul-ferrete, profundo, luminoso, consolador.

— Que bonito dia! — disse Macário.

E, com a noiva pelo braço, caminhou um pouco, ao comprido do passeio.

— Está! — disse ela. — Mas podem reparar; nós sós...

— Deixa, está tão bom...

— Não, não.

E Luísa arrastou-o brandamente para a loja do ourives. Estava apenas um caixeiro, trigueiro, de cabelo hirsuto.

Macário disse-lhe:
— Queria ver anéis.
— Com pedras — disse Luísa — e o mais bonito.
— Sim, com pedras — disse Macário. — Ametista, granada. Enfim, o melhor.

E, no entanto, Luísa ia examinando as montras forradas de veludo azul, onde reluziam as grossas pulseiras cravejadas, os grilhões, os colares de camafeus, os anéis de armas, as finas alianças frágeis como o amor, e toda a cintilação da pesada ourivesaria.

— Vê, Luísa — disse Macário.

O caixeiro tinha estendido, na outra extremidade do balcão, em cima do vidro da montra, um reluzente espalhado de anéis, de pedras, lavrados, esmaltados; e Luísa, tomando-os e deixando-os com as pontas dos dedos, ia-os correndo e dizendo:

— É feio... É pesado... É largo...
— Vê este — disse-lhe Macário.

Era um anel de pequenas pérolas.

— É bonito — respondeu ela. — É lindo!
— Deixa ver se serve — tornou Macário.

E, tomando-lhe a mão, meteu-lhe o anel devagarinho, docemente, no dedo; e ela ria, com os seus brancos dentinhos finos, todos esmaltados.

— É muito largo — disse Macário. — Que pena!
— Aperta-se, querendo. Deixe a medida. Tem-no pronto amanhã.
— Boa ideia — disse Macário —, sim, senhor. Porque é muito bonito. Não é verdade? As pérolas muito iguais, muito claras. Muito bonito! E estes brincos? — acrescentou, indo ao fim do balcão, a outra montra. — Estes brincos com uma concha?
— Dez moedas — disse o caixeiro.

E, no entanto, Luísa continuava examinando os anéis, experimentando-os em todos os dedos, revolvendo aquela delicada montra, cintilante e preciosa.

Mas, de repente, o caixeiro fez-se muito pálido e afirmou-se em Luísa, passeando vagarosamente a mão pela cara.

— Bem — disse Macário, aproximando-se —, então amanhã temos o anel pronto. A que horas?

O caixeiro não respondeu e começou a olhar fixamente para Macário.

— A que horas?

— Ao meio-dia.

— Bem, adeus — disse Macário.

E iam sair. Luísa trazia um vestido de lã azul, que arrastava um pouco, dando uma ondulação melodiosa ao seu passo, e as suas mãos pequeninas estavam escondidas num regalo branco.

— Perdão! — disse de repente o caixeiro.

Macário voltou-se.

— O senhor não pagou...

Macário olhou para ele gravemente.

— Está claro que não. Amanhã venho buscar o anel, pago amanhã.

— Perdão! — insistiu o caixeiro. — Mas o outro...

— Qual outro? — disse Macário com uma voz surpreendida, adiantando-se para o balcão.

— Essa senhora sabe — afirmou o caixeiro. — Essa senhora sabe...

Macário tirou a carteira lentamente.

— Perdão, se há uma conta antiga...

O caixeiro abriu o balcão, e com um aspecto resoluto:

— Nada, meu caro senhor, é de agora. É um anel com dois brilhantes que aquela senhora leva.

— Eu! — disse Luísa, com voz baixa, toda escarlate.

— Que é? Que está a dizer?

E Macário, pálido, com os dentes cerrados, contraído, fitava o caixeiro colericamente.

O caixeiro disse então:

— Essa senhora tirou dali um anel.

Macário ficou imóvel, encarando-o.

— Um anel com dois brilhantes — continuou o rapaz. — Vi perfeitamente.

O caixeiro estava tão excitado que a sua voz gaguejava, prendia-se espessamente. — Essa senhora não sei quem é. Mas tirou o anel. Tirou-o dali...

Macário, maquinalmente, agarrou-lhe no braço e, voltando-se para Luísa, com a palavra abafada, gotas de suor na testa, lívido:

— Luísa, dize...

Mas a voz cortou-se-lhe.

— Eu... — balbuciou ela, trêmula, assombrada, enfiada, descomposta.

E deixou cair o regalo ao chão.

Macário veio para ela, agarrou-lhe no pulso fitando-a: e o seu aspecto era tão resoluto e tão imperioso, que ela meteu a mão no bolso, bruscamente, apavorada, e mostrando o anel:

— Não me faça mal! — suplicou, encolhendo-se toda.

Macário ficou com os braços caídos, o ar abstrato, os beiços brancos; mas, de repente, dando um puxão ao casaco, recuperando-se, disse ao caixeiro:

— Tem razão. Era distração... Está claro! Esta senhora tinha-se esquecido. É o anel. Sim, senhor, evidentemente... Tem a bondade. Toma, filha, toma. Deixa estar, este senhor embrulha-o. Quanto custa?

Abriu a carteira e pagou.

Depois, apanhou o regalo; sacudiu-o brandamente, limpou os beiços com o lenço, deu o braço a Luísa e, dizendo ao caixeiro: "Desculpe, desculpe", levou-a, inerte, passiva, aterrada, semimorta.

Deram alguns passos na rua, que que um largo sol iluminava intensamente as seges cruzavam-se rolando ao estalido do chicote; figuras risonhas passavam, conversando; os pregões subiam em gritos alegres; um cavaleiro de calção de anta fazia ladear o seu cavalo, enfeitado de rosetas; e a rua estava cheia, ruidosa, viva, feliz e coberta de sol.

Macário ia maquinalmente, como no fundo de um sonho. Parou a uma esquina. Tinha o braço de Luísa passado no seu; e via-lhe a mão pendente, a sua linda mão de cera, com as veias docemente azuladas, os dedos finos e amorosos: era a mão direita, e aquela mão era a da sua noiva! E, instintivamente, leu o cartaz que anunciava para essa noite, "Palafoz em Saragoça".

De repente, soltando o braço de Luísa, disse-lhe baixo:

— Vai-te.

— Ouve!... — rogou ela, com a cabeça toda inclinada.

— Vai-te. — E com a voz abafada e terrível: — Vai-te. Olha que chamo. Mando-te para o Aljube. Vai-te.

— Mas ouve, Jesus!

— Vai-te! — E fez um gesto, com o punho cerrado.

— Pelo amor de Deus, não me batas aqui — disse ela, sufocada.

— Vai-te. Podem reparar. Não chores. Olha que veem. Vai-te!

E, chegando-se para ela, disse baixo:

— És uma ladra!

E, voltando-lhe as costas, afastou-se, devagar, riscando o chão com a bengala.

A distância, voltou-se: ainda viu, através dos vultos, o seu vestido azul.

Como partiu nessa tarde para a província, não soube mais daquela rapariga loura.

Conto 4

Um poeta lírico

Aqui está, simplesmente, sem frases e sem ornatos, a história triste do poeta Korriscosso. De todos os poetas líricos de que tenho notícia, é esse, certamente, o mais infeliz. Conheci-o em Londres, no hotel de Charing Cross, uma madrugada regelada de dezembro. Tinha eu chegado do continente, prostrado por duas horas de Canal da Mancha... Ah! Que mar! E era só uma brisa fresca de noroeste: mas ali, no tombadilho, sob uma capa de oleado de que um marujo me tinha coberto, como se cobre um corpo morto, fustigado da neve e da vaga, oprimido por aquela treva tumultuosa que o paquete ia rompendo aos roncos e aos encontrões — parecia-me um tufão dos mares da China...

Apenas entrei no hotel, gelado e estremunhado, corri ao vasto fogão do peristilo e ali fiquei, saturando-me daquela paz quente em que a sala estava adormecida, com os olhos beatamente postos na boa brasa escarlate... E foi então que vi aquela figura esguia e longa, já de casaca e gravata branca, que do outro lado da chaminé, de pé, com a taciturna tristeza de uma cegonha que cisma, olhava também os carvões ardentes, com um guardanapo no braço. Mas o porteiro tinha rolado a minha bagagem, e eu fui inscrever-me ao *bureau*. A guarda-livros, tesa e loura, com um perfil antiquado de medalha safada, pousou o seu crochê ao lado da sua chávena de chá, acariciou com um gesto doce os dois bandôs louros, assentou corretamente o meu nome, de dedinho no ar, fazendo rebrilhar um diamante, e eu ia subir a vasta escadaria — quando a figura magra e fatal se dobrou num ângulo e murmurou-me num inglês silabado:

— Já está servido o almoço das sete...

Mas eu não queria o almoço das sete. Fui dormir.

Mais tarde, já repousado, fresco do banho, quando desci ao restaurante para o *lunch*, avistei logo, plantado melancolicamente ao pé da larga janela, o indivíduo esguio e triste. A sala estava deserta numa luz parda; os fogões flamejavam; e fora, no silêncio do domingo, nas ruas mudas, a neve caía sem cessar de um céu amarelento e baço. Eu via apenas as costas do homem; mas havia na sua linha magra e um pouco dobrada uma expressão tão evidente de desalento, que me interessei por aquela figura. O cabelo comprido, de tenor, caído sobre a gola da casaca, era, manifestamente, de um meridional; e toda a sua magreza friorenta se encolhia ao aspecto daqueles telhados cobertos de neve, na sensação daquele silêncio lívido... Chamei-o. Quando ele se voltou, a sua fisionomia, que apenas entrevira, na véspera, impressionou-me: era um carão longo e triste, muito moreno, de nariz judaico e uma barba curta e frisada, uma barba de Cristo em estampa romântica; a testa era dessas que, em boa literatura, se chama, creio eu, fronte; era larga e lustrosa. Tinha o olhar encovado e vago, com uma indecisão de sonho nadando num fluido enternecido... E que magreza! Quando andava, a calça curta torcia-se em torno da canela como pregas de bandeira em torno de um mastro; a casaca tinha dobras de túnica ampla; as duas abas compridas e agudas eram desgraçadamente grotescas. Recebeu a ordem do meu almoço sem me olhar, num tédio resignado: arrastou-se para o *comptoir*, onde o *maître-d'hôtel* lia a Bíblia, passou a mão pela testa com um gesto errante e dolente e disse-lhe numa voz surda:

— Número 307. Duas costeletas. Chá...

O *maître-d'hôtel* afastou a Bíblia, inscreveu o *menu* — e eu acomodei-me à mesa e abri o volume de Tennyson que trouxera para almoçar comigo — porque, creio que lhes disse, era domingo, dia sem jornais e sem pão fresco. Fora continuava a nevar sobre a cidade muda. A uma mesa distante, um velho cor de tijolo e todo branco de cabelo e de suíças, que acabara de almoçar, dormitava de mãos no ventre, boca aberta e luneta na ponta do nariz. E o único som vinha da rua, uma voz gemente que a neve abafava mais, uma voz pedinte que à esquina defronte garganteava um salmo... Um domingo de Londres.

Foi o magro que me trouxe o almoço — e, apenas ele se aproximou com o serviço do chá, eu senti logo que aquele volume de Tennyson nas minhas mãos o tinha interessado e impressionado; foi um olhar rápido, gulosamente fixado na página aberta, um estremecimento quase imperceptível — emoção fugitiva, decerto, porque, depois de ter pousado o serviço, rodou sobre os calcanhares e foi plantar-se, melancolicamente, à janela, de olho triste e posto na neve triste. Eu atribuí aquele movimento curioso ao esplendor da encadernação do volume, que eram *Os idílios de el-rei*, em marroquim negro, com o escudo de armas de Lançarote do Lago — o pelicano de ouro sobre um mar de sinopla.

Nessa noite parti no expresso para a Escócia, e ainda não tinha passado Iork, adormecida na sua gravidade episcopal, já me esquecera o criado romanesco do restaurante de Charing Cross. Foi só daí a um mês, ao voltar a Londres, que, entrando no restaurante e revendo aquela figura lenta e fatal atravessar com um prato de rosbife numa das mãos e na outra um pudim de batata, senti renascer o antigo interesse. E nessa noite mesmo tive a singular felicidade de saber o seu nome e de entrever um fragmento do seu passado. Era já tarde e eu voltava do Covent Garden, quando no peristilo do hotel encontrei, majestoso e próspero, o meu amigo Bracolletti.

Não conhecem Bracolletti? A sua presença é formidável; tem a amplidão pançuda, o negro cerrado da barba, a lentidão, o cerimonial de um paxá gordo; mas essa ponderosa gravidade turca é temperada, em Bracolletti, pelo sorriso e pelo olhar. Que olhar! Um olhar doce, que me faz lembrar o dos animais da Síria: é o mesmo enternecimento. Parece errar no seu fluido macio a religiosidade meiga das raças que dão os Messias... Mas o sorriso! O sorriso de Bracolletti é a mais complexa, a mais perfeita, a mais rica das expressões humanas; há finura, inocência, bonomia, abandono, ironia doce, persuasão, naqueles dois lábios que se descerram e que deixam brilhar um esmalte de dentes de virgem!... Ah! Mas também esse sorriso é a fortuna de Bracolletti.

Moralmente, Bracolletti é um hábil. Nasceu em Esmirna de pais gregos; é tudo o que ele revela. De resto, quando se lhe pergunta pelo seu passado, o bom grego rola um momento a cabeça de ombro a ombro, esconde sob as pálpebras cerradas com bonomia o seu olho maometano, desabrocha o sorriso de uma doçura a tentar abelhas e murmura, como afogado em bondade e em enternecimento:

— *Eh! Mon Dieu! Eh! Mon Dieu!...*

Nada mais. Parece, porém, que viajou — porque conhece o Peru, a Crimeia, o Cabo da Boa Esperança, os países exóticos — tão bem como Regent Street: mas é evidente para todos que a sua existência não foi tecida, como a dos vulgares aventureiros do Levante, de ouro e estopa, de esplendores e pelintrices; é um gordo e, portanto, um prudente; o seu magnífico solitário nunca deixou de lhe brilhar no dedo; nenhum frio jamais o surpreendeu sem uma peliça de dois mil francos; e nunca deixa de ganhar, todas as semanas, no Fraternal Club, de que é um membro querido, dez libras ao *whist*. É um forte.

Mas tem uma debilidade. É singularmente guloso de rapariguinhas de doze a catorze anos: gosta delas magrinhas, muito louras e com o hábito de praguejar. Coleciona-as pelos bairros pobres de Londres, com método. Instala-as em casa, e ali as tem, como passarinhos na gaiola, metendo-lhes a papinha no bico, ouvindo-as palrar todo baboso, animando-as a que lhe roubem os xelins da algibeira, gozando o desenvolvimento dos vícios naquelas flores, pondo-lhes ao alcance as garrafas de gim para que os anjinhos se embebedem — e, quando alguma, excitada de álcool, de cabelo ao vento e face acesa, o injuria, o arrepela, baba obscenidades — o bom Bracolletti, encruzado no sofá, de mãos beatamente cruzadas na pança, o olhar afogado em êxtase, murmura no seu italiano da costa síria:

— *Piccolina! Gentilleta!*

Querido Bracolletti! Foi realmente com prazer que o abracei, nessa noite, em Charing Cross; e, como nos não víamos há muito, fomos cear juntos ao restaurante. O criado triste lá estava no seu *comptoir*, curvado sobre o *Journal des Débats*.

E, apenas Bracolletti apareceu, na sua majestade de obeso, o homem estendeu-lhe silenciosamente a mão; foi um *shake--hands* solene, enternecido e sincero.

Bom Deus, eram amigos! Arrebatei Bracolletti para o fundo da sala e, vibrando de curiosidade, interroguei-o com sofreguidão. Quis primeiro o nome do homem.

— Chama-se Korriscosso — disse-me Bracolletti, grave.

Quis depois a sua história. Mas Bracolletti, como os deuses da Ática, que, nos seus embaraços no mundo, se recolhiam à sua nuvem, Bracolletti refugiou-se na sua vaga reticência.

— *Eh! Mon Dieu!... Eh! Mon Dieu!...*

— Não, não, Bracolletti. Vejamos. Quero-lhe a história... Aquela face fatal e byroniana deve ter uma história...

Bracolletti então tomou todo o ar cândido que lhe permitem a sua pança e as suas barbas — e confessou-me, deixando cair as frases às gotas, que tinham viajado ambos na Bulgária e no Montenegro... Korriscosso foi seu secretário... Boa letra... Tempos difíceis... *Eh! Mon Dieu!...*

— Donde é ele?

Bracolletti respondeu sem hesitar, baixando a voz, com um gesto repassado de desconsideração:

— É um grego de Atenas.

O meu interesse sumiu-se como a água que a areia absorve. Quando se tem viajado no Oriente e nas escalas do Levante, adquire-se facilmente o hábito, talvez injusto, de suspeitar do grego; aos primeiros que se veem, sobretudo tendo uma educação universitária e clássica, o entusiasmo acende-se um pouco, pensa-se em Alcebíades e em Platão, nas glórias de uma raça estética e livre, e perfilam-se na imaginação as linhas augustas do Pártenon. Mas, depois de os ter frequentado, às mesas-redondas e nos tombadilhos das *Messageries*, e principalmente depois de ter escutado a lenda de velhacaria que eles têm deixado desde Esmirna até Túnis, os outros que se veem provocam apenas estes movimentos: abotoar rapidamente o casaco, cruzar fortemente os braços sobre a cadeia do relógio e aguçar o intelecto para rechaçar a *escroquerie*. A causa dessa reputação funesta é que a gente grega que emigra para as escalas do Levante é uma plebe torpe, parte pirata e parte lacaia, bando de rapina astuta e perversa. A verdade é que, apenas soube Korriscosso um grego, lembrei-me logo que o meu belo volume de Tennyson, na minha última estada em Charing Cross, me desaparecera do quarto, e recordei o olhar de gula e de presa que cravara nele Korriscosso... Era um bandido!

E durante a ceia não falamos mais de Korriscosso. Serviu-nos outro criado, rubro, honesto e são. O lúgubre Korriscosso não se afastou do *comptoir*, abismado no *Journal des Débats*.

Nessa noite aconteceu, ao recolher-me ao meu quarto, que me perdi... O hotel estava atulhado e eu tinha sido alojado naqueles altos de Charing Cross, numa complicação de corredores, escadas, recantos, ângulos, onde é quase necessário roteiro e bússola.

De castiçal na mão, penetrei num passadiço onde corria um bafo morno de viela mal arejada. As portas aí não tinham números, mas pequenos cartões colados onde estavam inscritos nomes: *John Smith, Charlie, Willie*... Enfim, eram evidentemente as habitações dos criados. De uma porta aberta saía a claridade de um bico de gás; adiantei-me e vi logo Korriscosso, ainda de casaca, sentado a uma mesa alastrada de papéis, de testa pendida sobre a mão, escrevendo.

— Pode-me indicar o caminho para o número 508? — balbuciei.

Ele ergueu para mim um olhar estremunhado e enevoado; parecia ressurgir de muito longe, de um outro universo; batia as pálpebras, repetindo:

— 508? 508?...

Foi então que eu avistei, sobre a mesa, entre papéis, colarinhos sujos e um rosário, o meu volume de Tennyson! Ele viu o meu olhar, o bandido, e acusou-se todo numa vermelhidão que lhe inundou a face chupada. O meu primeiro movimento foi não reconhecer o livro: como era um movimento bom, e obedecendo logo à moral superior do mestre Talleyrand, reprimi-o; apontando o volume com um dedo severo, um dedo de Providência irritada, disse-lhe:

— É o meu Tennyson...

Não sei que resposta ele tartamudeou, porque eu, apiedado, retomado também pelo interesse que me dava aquela figura picaresca de grego sentimental, acrescentei num tom repassado de perdão e de justificação:

— Grande poeta, não é verdade? Que lhe pareceu? Tenho a certeza que se entusiasmou...

Korriscosso corou mais: mas não era o despeito humilhado do salteador surpreendido; era, julguei eu, a vergonha de ver a sua inteligência, o seu gosto poético adivinhados — e de ter no corpo a casaca coçada de criado de restaurante. Não respondeu. Mas as páginas do volume que eu abri responderam por ele; a brancura das margens largas desaparecia sob uma rede de comentários a lápis: *Sublime! Grandioso! Divino!* — palavras lançadas numa letra convulsiva, num tremor de mão, agitada por uma sensibilidade vibrante...

No entanto, Korriscosso permanecia de pé, respeitoso, culpado, de cabeça baixa, com o laço da gravata branca fugindo para o cachaço. Pobre Korriscosso! Compadeci-me daquela atitude, revelando todo um passado sem sorte, tantas tristezas de dependência... Lembrei-me que nada impressiona o homem do Levante como um gesto de drama e de palco; estendi-lhe ambas as mãos num movimento à Talma e disse-lhe:

— Eu também sou poeta!...

Essa frase extraordinária pareceria grotesca e impudente a um homem do Norte; o levantino viu logo nela a expansão de uma alma irmã. Por que não lhes disse? O que Korriscosso estava escrevendo, numa tira de papel, eram estrofes: era uma ode.

Daí a pouco, com a porta fechada, Korriscosso contava-me a sua história — ou, antes, fragmentos, anedotas desirmanadas da sua biografia. É tão triste, que a condenso. De resto, havia na sua narração lacunas de anos — e eu não posso reconstituir com lógica e sequência a história desse sentimental. Tudo é vago e suspeito. Nasceu com efeito em Atenas; seu pai parece que era carregador no Pireu. Aos dezoito anos, Korriscosso servia de criado a um médico e nos intervalos do serviço frequentava a Universidade de Atenas; estas coisas são frequentes "là-bas", como ele dizia. Formou-se em leis: isso habilitou-o, mais tarde, em tempos difíceis, a ser intérprete de hotel. Desse tempo datam as suas primeiras elegias num semanário lírico intitulado *Ecos da Ática*. A literatura levou-o diretamente à política e às ambições parlamentares. Uma paixão, uma crise patética, um marido brutal, ameaças de morte, forçaram-no a expatriar-se. Viajou na Bulgária, foi em Salonica empregado numa sucursal do Banco Otomano, remeteu endechas dolorosas a um jornal da província — *A Trombeta da Argólida*. Aqui há uma dessas lacunas, um buraco negro na sua história. Reaparece em Atenas com fato novo, liberal e deputado.

Esse período de glória foi breve, mas suficiente para o pôr em evidência; a sua palavra colorida, poética, recamada de imagens engenhosas e lustrosas, encantou Atenas: tinha o segredo de florir, como ele dizia, os terrenos mais áridos; de uma discussão de imposto ou de viação fazia saltar éclogas de Teócrito. Em Atenas, esse talento leva ao poder: Korriscosso era indicado para gerir uma alta administração do Estado; o ministério, porém, e com ele a maioria de que Korriscosso era o tenor querido, caíram, sumiram-se, sem lógica constitucional, num desses súbitos desabamentos políticos tão comuns na Grécia, em que os governos se aluem, como as casas em Atenas — sem motivo. Falta de base, decrepitude de materiais e de individualidades... Tudo tende para o pó num solo de ruínas...

Nova lacuna, mergulho obscuro na história de Korriscosso...

Volta à superfície, membro de um clube republicano de Atenas, pede num jornal a emancipação da Polônia, e a Grécia governada por um concílio de gênios. Publica então os seus *Suspiros da Trácia*. Tem outro romance de coração... E, enfim — e isso disse-mo sem explicações —, é obrigado a refugiar-se na Inglaterra. Depois de tentar em Londres várias posições, coloca-se no restaurante de Charing Cross.

— É um porto de abrigo — disse-lhe eu, apertando-lhe a mão.

Ele sorriu com amargura. Era decerto um porto de abrigo, e vantajoso. É bem alimentado; as gorjetas são razoáveis; tem um velho colchão de molas — mas as delicadezas da sua alma são, a todo o momento, dolorosamente feridas...

Dias atribulados, dias crucificados, os daquele poeta lírico, forçado a distribuir numa sala, a burgueses estabelecidos e glutões, costeletas e copos de cerveja! Não é a dependência que o aflige; a sua alma de grego não é particularmente ávida de liberdade, basta-lhe que o patrão seja cortês. E, como ele me disse, é-lhe grato reconhecer que os fregueses de Charing Cross nunca lhe pedem a mostarda ou o queijo sem dizer *if you please*; e, quando saem, ao passar por ele, levam dois dedos à aba do chapéu: isto satisfaz a dignidade de Korriscosso.

Mas o que o tortura é o contato constante com o alimento. Se ele fosse um guarda-livros de um banqueiro, primeiro-caixeiro de um armazém de sedas... Nisso há uma sombra de poesia — os milhões que se revolvem, as frotas mercantes, a brutal força do ouro, ou então dispor ricamente os estofos, os cortes de seda, fazer correr a luz nas ondulações dos *moirés*, dar ao veludo as molezas da linha e da prega... Mas, num restaurante, como se pode exercer o gosto, a originalidade artística, o instinto da cor, do efeito, do drama — a partir nacos de rosbife ou de presunto de York?!... Depois, como ele disse, dar a comer, fornecer alimento, é servir exclusivamente a pança, a tripa, a baixa necessidade material; no restaurante, o ventre é Deus; a alma fica fora, com o chapéu que se pendura no cabide ou com o rolo de jornais que se deixou no bolso do paletó.

E as convivências, e a falta de conversação! Nunca se voltaram para ele senão para lhe pedirem salame ou sardinhas de Nantes! Nunca abrir os seus lábios, donde pendia o Parlamento de Atenas, senão para perguntar: "Mais pão? Mais bife?". Essa privação de eloquência é-lhe dolorosa.

Além disso, o serviço impede-lhe o trabalho. Korriscosso compõe de memória; quatro passeios pelo quarto, um repelão ao cabelo, e a ode sai-lhe harmônica e doce... Mas a interrupção glutona da voz do freguês, pedindo nutrição, é fatal a essa maneira de trabalhar. Às vezes, encostado a uma janela, de guardanapo no braço, Korriscosso está fazendo uma elegia; são tudo luares, roupagens alvas de virgens pálidas, horizontes celestes, flores de alma dolorida... É feliz; está remontado aos céus poéticos, nas planícies azuladas onde os sonhos acampam, galopando de estrela em estrela... De repente, uma grossa voz faminta berra de um canto:

— Bife e batatas!

Aí, as aladas fantasias batem voo como pombas espavoridas! E aí vem o infeliz Korriscosso, precipitado dos cimos ideais, de ombros vergados e as abas da casaca balouçando, perguntar com o sorriso lívido:

— Passado ou meio cru?

Ah! É um amargo destino!

— Mas — perguntei-lhe eu —, por que não deixa este covil, este templo do ventre?

Ele deixou pender a sua bela cabeça de poeta. E disse-me a razão que o prende; disse-ma, quase chorando nos meus braços, com o nó da gravata branca no cachaço: Korriscosso ama.

Ama uma Fanny, criada de todo serviço em Charing Cross. Ama-a desde o primeiro dia em que entrou no hotel; amou-a no momento em que a viu lavando as escadas de pedra, com os braços roliços nus e os cabelos louros, os fatais cabelos louros, desse louro que entontece os meridionais, cabelos ricos, de um tom de cobre, de um tom de ouro mate, torcendo-se numa trança de deusa. E depois a carnação, uma carnação de inglesa de Yorkshire — leite e rosas...

E o que Korriscosso tem sofrido! Toda a sua dor exala-a em odes — que passa a limpo ao domingo, dia de repouso e dia do Senhor! Leu-mas. E eu vi quanto a paixão pode perturbar um ser nervoso; que ferocidade de linguagem, que lances de desespero, que gritos de alma dilacerada arremessados dali, daqueles altos de Charing Cross, para a mudez do céu frio! É que Korriscosso tem ciúmes. A desgraçada Fanny ignora aquele poeta a seu lado, aquele delicado, aquele sentimental, e ama um *policeman*. Ama um *policeman*, um colosso, um alcides, uma montanha de carne eriçada de uma floresta de barbas, com o peito como o flanco de um couraçado, com pernas como fortalezas normandas. Esse Polifemo, como diz Korriscosso, tem, ordinariamente, serviço no Strand; e a pobre Fanny passa o seu dia a espreitá-lo de um postigo, dos altos do hotel.

Todas as suas economias as gasta em quartilhos de gim, de *brandy*, de genebra, que à noite lhe leva em copinhos debaixo do avental; mantém-no fiel pelo álcool; o monstro, plantado enormemente a uma esquina, recebe em silêncio o copo, atira-o de um golpe às fauces tenebrosas, arrota cavamente, passa a mão cabeluda pela barba de hércules e segue taciturnamente, sem um "obrigado", sem um "amo-te", batendo o lajedo com a vastidão das suas solas sonoras. A pobre Fanny admira-o babosa... E talvez nesse momento, à outra esquina, o magro Korriscosso, fazendo no nevoeiro um esguio relevo de poste telegráfico, soluce com a face magra entre as mãos transparentes.

Pobre Korriscosso! Se ele ao menos a pudesse comover... Mas quê! Ela despreza-lhe o corpo de tísico triste; e a alma, não lha compreende... Não que Fanny seja inacessível a sentimentos ardentes, expressos em linguagem melodiosa... Mas Korriscosso só pode escrever as suas elegias na sua língua materna... E Fanny não compreende grego... E Korriscosso é só um grande homem — em grego...

Quando desci ao meu quarto, deixei-o soluçando sobre o catre. Tenho-o visto depois, outras vezes, ao passar em Londres. Está mais magro, mais fatal, mais mirrado de zelos, mais curvado quando se move pelo restaurante com a travessa do rosbife, mais exaltado no seu lirismo... Sempre que ele me serve dou-lhe um xelim de gorjeta: e depois, ao retirar, aperto-lhe sinceramente a mão.

Conto 5

O defunto

I

No ano de 1474, que foi por toda a cristandade tão abundante em mercês divinas, reinando em Castela el-rei Henrique IV, veio habitar na cidade de Segóvia, onde herdara moradias e uma horta, um cavaleiro moço, de muito limpa linhagem e gentil parecer, que se chamava D. Rui de Cárdenas.

Essa casa, que lhe legara seu tio, arcediago e mestre em cânones, ficava ao lado e na sombra silenciosa da igreja de Nossa Senhora do Pilar; e, em frente, para além do adro, onde cantavam as três bicas de um chafariz antigo, era o escuro e gradeado palácio de D. Alonso de Lara, fidalgo de grande riqueza e maneiras sombrias, que já na madureza da sua idade, todo grisalho, desposara uma menina falada em Castela pela sua alvura, cabelos cor de sol claro e colo de garça real. D. Rui tivera justamente por madrinha, ao nascer, Nossa Senhora do Pilar, de quem sempre se conservou devoto e fiel servidor; ainda que, sendo de sangue bravo e alegre, amava as armas, a caça, os saraus bem galanteados, e mesmo por vezes uma noite ruidosa de taverna com dados e pichéis de vinho. Por amor, e pelas facilidades dessa santa vizinhança, tomara ele o piedoso costume, desde a sua chegada a Segóvia, de visitar todas as manhãs, à hora de Prima, a sua divina madrinha e de lhe pedir, em três Ave-Marias, a bênção e a graça.

Ao escurecer, mesmo depois de alguma rija correria por campo e monte com lebréus ou falcão, ainda voltava para, à saudação de Vésperas, murmurar docemente uma Salve-Rainha.

E todos os domingos comprava no adro, a uma ramalheteira mourisca, algum ramo de junquilhos, ou cravos, ou rosas singelas, que espalhava, com ternura e cuidado galante, em frente ao altar da Senhora.

A essa venerada igreja do Pilar vinha também, cada domingo, D. Leonor, a tão falada e formosa mulher do senhor de Lara, acompanhada por uma aia carrancuda, de olhos mais abertos e duros que os de uma coruja, e por dois possantes lacaios que a ladeavam e guardavam como torres. Tão ciumento era o senhor D. Alonso que, só por lho haver severamente ordenado o seu confessor, e com medo de ofender a senhora, sua vizinha, permitia essa visita fugitiva, a que ele ficava espreitando sofregamente, dentre as reixas de uma gelosia, os passos e a demora. Todos os lentos dias da lenta semana os passava a senhora D. Leonor no encerro do gradeado solar de granito negro, não tendo, para se recrear e respirar, mesmo nas calmas do estio, mais que um fundo de jardim verde-negro, cercado de tão altos muros, que apenas se avistava, emergindo deles, aqui, além, alguma ponta de triste cipreste. Mas essa curta visita a Nossa Senhora do Pilar bastou para que D. Rui se namorasse dela tresloucadamente, na manhã de maio em que a viu de joelhos ante o altar, numa réstia de sol, aureolada pelos seus cabelos de ouro, com as compridas pestanas pendidas sobre o livro de horas, o rosário caindo dentre os dedos finos, fina toda ela e macia, e branca, de uma brancura de lírio aberto na sombra, mais branca entre as rendas negras e os negros cetins que à volta do seu corpo cheio de graça se quebravam, em pregas duras, sobre as lajes da capela, velhas lajes de sepulturas. Quando depois de um momento de enleio e de delicioso pasmo se ajoelhou, foi menos para a Virgem do Pilar, sua divina Madrinha, do que para aquela aparição mortal, de quem não sabia o nome nem a vida, e só que por ela daria vida e nome, se ela se rendesse por tão incerto preço. Balbuciando, com uma prece ingrata, as três Ave-Marias com que cada manhã saudava Maria, apanhou o seu sombreiro, desceu levemente a nave sonora e no portal se quedou, esperando por ela entre os mendigos lazarentos que se catavam ao sol. Mas, quando ao cabo de um tempo, em que D. Rui sentiu no coração um desusado bater de ansiedade e medo, a senhora D. Leonor passou e se deteve, molhando os dedos na pia de mármore de água benta, os seus olhos, sob o véu descido, não se ergueram para ele, ou tímidos ou desatentos. Com a aia de olhos muito abertos colada aos vestidos, entre os dois lacaios, como entre duas torres, atravessou vagarosamente o adro, pedra por pedra, gozando decerto, como encarcerada, o desafogado ar e o livre sol que o inundavam. E foi um espanto para D. Rui quando ela penetrou na sombria arcada, de grossos pilares, sobre que assentava o palácio, e desapareceu por uma esguia porta recoberta de ferragens. Era, pois, essa a tão falada D. Leonor, a linda e nobre senhora de Lara...

Então começaram sete arrastados dias, que ele gastou sentado a um poial da sua janela, considerando aquela negra porta recoberta de ferragens como se fosse a do Paraíso, e por ela devesse sair um anjo para lhe anunciar a Bem-Aventurança. Até que chegou o vagaroso domingo; e passando ele no adro, à hora de Prima, ao repicar dos sinos, com um molho de cravos amarelos para a sua divina Madrinha, cruzou D. Leonor, que saía dentre os pilares da escura arcada, branca, doce e pensativa, como uma lua dentre nuvens. Os cravos quase lhe caíram naquele gostoso alvoroço em que o peito lhe arfou mais que um mar, e a alma toda lhe fugiu em tumulto através do olhar com que a devorava. E ela ergueu também os olhos para D. Rui, mas uns olhos repousados, uns olhos serenos, em que não luzia curiosidade, nem mesmo consciência de se estarem trocando com outros, tão acesos e enegrecidos pelo desejo. O moço cavalheiro não entrou na igreja, com piedoso receio de não prestar à sua Madrinha divina a atenção, que decerto lhe roubaria toda aquela que era só humana, mas dona já do seu coração, e nele divinizada.

Esperou sofregamente à porta, entre os mendigos, secando os cravos com o ardor das mãos trêmulas, pensando quanto era demorado o rosário que ela rezava. Ainda D. Leonor descia a nave, já ele sentia dentro da alma o doce rugir das sedas fortes que ela arrastava nas lajes. A branca senhora passou — e o mesmo distraído olhar, desatento e calmo, que espalhou pelos mendigos e pelo adro, o deixou escorregar sobre ele, ou porque não compreendesse aquele moço que de repente se tornara tão pálido, ou porque não o diferenciava ainda das coisas e das formas indiferentes.

D. Rui abalou, com um fundo suspiro; e, no seu quarto, pôs devotamente ante a imagem da Virgem as flores que não oferecera, na igreja, ao seu altar. Toda a sua vida se tornou então um longo queixume por sentir tão fria e desumana aquela mulher, única entre as mulheres, que prendera e tornara sério o seu coração ligeiro e errante. Numa esperança, a que antevia bem o desengano, começou a rondar os muros altos do jardim — ou embuçado numa capa, com o ombro contra uma esquina, lentas horas se quedava contemplando as grades das gelosias, negras e grossas como as de um cárcere. Os muros não se fendiam; das grades não saía sequer um rasto de luz prometedora. Todo o solar era como um jazigo onde jazia uma insensível, e por trás das frias pedras havia ainda um frio peito. Para se desafogar compôs, com piedoso cuidado, em noites veladas sobre o pergaminho, trovas gementes que o não desafogavam. Diante do altar da Senhora do Pilar, sobre as mesmas lajes onde a vira ajoelhada, pousava ele os joelhos, e ficava, sem palavras de oração, num cismar amargo e doce, esperando que o seu coração serenasse e se consolasse, sob a influência d'Aquela que tudo consola e serena. Mas sempre se erguia mais desditoso e tendo apenas a sensação de quanto eram frias e rígidas as pedras sobre que ajoelhara. O mundo todo só lhe parecia conter rigidez e frieza.

Outras claras manhãs de domingo encontrou D. Leonor: e sempre os olhos dela permaneciam descuidados e como esquecidos, ou quando se cruzavam com os seus era tão singelamente, tão limpos de toda a emoção, que D. Rui os preferia ofendidos e faiscando de ira, ou soberbamente desviados com soberbo desdém. Decerto D. Leonor já o conhecia — mas, assim, conhecia também a ramalheteira mourisca agachada diante do seu cesto à beira da fonte; ou os pobres que se catavam ao sol diante do portal da Senhora. Nem D. Rui já podia pensar que ela fosse desumana e fria. Era apenas soberanamente remota, como uma estrela que nas alturas gira e refulge, sem saber que, embaixo num mundo que ela não distingue, olhos que ela não suspeita a contemplam, a adoram e lhe entregam o governo da sua ventura e sorte.

Então D. Rui pensou:

— Ela não quer, eu não posso; foi um sonho que findou, e Nossa Senhora a ambos nos tenha na sua graça!

E como era cavaleiro muito discreto, desde que a reconheceu assim inabalável na sua indiferença, não a procurou, nem sequer ergueu mais os olhos para as grades das suas janelas, e até nem penetrava na igreja de Nossa Senhora quando casualmente, do portal, a avistava ajoelhada, com a sua cabeça tão cheia de graça e de ouro, pendida sobre o livro de horas.

II

A velha aia, de olhos mais abertos e duros que os de uma coruja, não tardara em contar ao senhor de Lara que um moço audaz, de gentil parecer, novo morador nas velhas casas do arcediago, constantemente se a travessava no adro, se postava diante da igreja para atirar o coração pelos olhos à senhora D. Leonor. Bem amargamente o sabia já o ciumento fidalgo, porque quando da sua janela espreitava, como um falcão, a airosa senhora a caminho da igreja, observara os giros, as esperas, os olhares dardejados daquele moço galante — e puxara as barbas de furor. Desde então, na verdade, a sua mais intensa ocupação era odiar D. Rui, o impudente sobrinho do cônego, que ousava erguer o seu baixo desejo até a alta senhora de Lara. Constantemente agora o trazia vigiado por um serviçal — e conhecia todos os seus passos e pousos, e os amigos com quem caçava ou folgava, e até quem lhe talhava os gibões, e até quem lhe polia a espada, e cada hora do seu viver. E mais ansiosamente ainda vigiava D. Leonor — cada um dos seus movimentos, os mais fugitivos modos, os silêncios e o conversar com as aias, as distrações sobre o bordado, o jeito de cismar sob as árvores do jardim, e o ar e a cor com que recolhia da igreja... Mas tão inalteradamente serena, no seu sossego de coração, se mostrava a senhora D. Leonor, que nem o ciúme mais imaginador de culpas poderia achar manchas naquela pura neve. Redobradamente áspero então se voltava o rancor de D. Alonso contra o sobrinho do cônego, por ter apetecido aquela pureza, e aqueles cabelos cor de sol claro, e aquele colo de garça real, que eram só seus, para esplêndido gosto da sua vida. E quando passeava na sombria galeria do solar, sonora e toda de abóbada, embrulhado na sua samarra orlada de peles, com o bico da barba grisalha espetado para diante, a grenha crespa eriçada para trás e os punhos cerrados, era sempre remoendo o mesmo fel:

— Tentou contra a virtude dela, tentou contra a minha honra... É culpado por duas culpas e merece duas mortes!

Mas ao seu furor quase se misturou um terror, quando soube que D. Rui já não esperava no adro a senhora D. Leonor, nem rondava amorosamente os muros do palacete, nem penetrava na igreja quando ela lá rezava, aos domingos; e que tão inteiramente se alheava dela que uma manhã, estando rente da arcada, e sentindo bem ranger e abrir a porta por onde a senhora ia aparecer, permanecera de costas voltadas, sem se mover, rindo com um cavaleiro gordo que lhe lia um pergaminho. Tão bem afetada indiferença só servia decerto (pensou D. Alonso) a esconder alguma bem danada tenção! Que tramava ele, o destro enganador? Tudo no desabrido fidalgo se exacerbou — ciúme, rancor, vigilância, pesar da sua idade grisalha e feia. No sossego de D. Leonor suspeitou manha e fingimento; e imediatamente lhe vedou as visitas à Senhora do Pilar.

Nas manhãs costumadas corria ele à igreja para rezar o rosário, a levar as desculpas de D. Leonor — "que no puede venir (murmurava curvado diante do altar) por lo que sabeis, virgem purisima!". Cuidadosamente visitou e reforçou todos os negros ferrolhos das portas do seu solar.

De noite soltava dois mastins nas sombras do jardim murado.

À cabeceira do vasto leito, junto da mesa onde ficava a lâmpada, um relicário e o copo de vinho quente com canela e cravo para lhe retemperar as forças — luzia sempre uma grande espada nua. Mas, com tantas seguranças, mal dormia — e a cada instante se solevava em sobressalto dentre as fundas almofadas, agarrando a senhora D. Leonor com mão bruta e sôfrega, que lhe pisava o colo, para rugir muito baixo, numa ânsia: "Dize que me queres só a mim!...". Depois, com a alvorada, lá se empoleirava, a espreitar, como um falcão, as janelas de D. Rui. Nunca o avistava, agora, nem à porta da igreja às horas de missa, nem recolhendo do campo, a cavalo, ao toque das Ave-Marias.

E por o sentir assim sumido dos sítios e giros costumados — é que mais o suspeitava dentro do coração de D. Leonor.

Enfim, uma noite, depois de muito trilhar o lajedo da galeria, remoendo surdamente desconfianças e ódios, gritou pelo intendente e ordenou que se preparassem trouxas e cavalgaduras. Cedo, de madrugada, partiria, com a senhora D. Leonor, para a sua herdade de Cabril, a duas léguas de Segóvia! A partida não foi de madrugada, como uma fuga de avarento que vai esconder longe o seu tesouro — mas, realizada com aparato e demora, ficando a liteira diante da arcada, a esperar longas horas, de cortinas abertas, enquanto um cavalariço passeava pelo adro a mula branca do fidalgo, xairelada à mourisca, e do lado do jardim a récua de machos, carregados de baús, presos às argolas, sob o sol e a mosca, aturdiam a viela com o tilintar dos guizos. Assim D. Rui soube a jornada do senhor de Lara — e assim a soube toda a cidade.

Fora um grande contentamento para D. Leonor, que gostava de Cabril, dos seus viçosos pomares, dos jardins, para onde abriam, rasgadamente e sem grades, as janelas dos seus aposentos claros: aí ao menos tinha largo ar, pleno sol, e alegretes a regar, um viveiro de pássaros, e tão compridas ruas de loureiro ou teixo, que eram quase a liberdade. E depois esperava que no campo se aligeirassem aqueles cuidados que traziam, nos derradeiros tempos, tão enrugado e taciturno seu marido e senhor. Mas não logrou essa esperança, porque ao cabo de uma semana ainda se não desanuviara a face de D. Alonso — nem decerto havia frescura de arvoredos, sussurros de águas correntes, ou aromas esparsos nos rosais em flor, que calmassem agitação tão amarga e funda. Como em Segóvia, na galeria sonora de grande abóbada, sem descanso passeava, enterrado na sua samarra, com o bico da barba espetado para diante, a grenha basta eriçada para trás, e um jeito de arreganhar silenciosamente o beiço, como se meditasse maldades a que gozava de antemão o sabor acre.

E todo o interesse da sua vida se concentrara num serviçal, que constantemente galopava entre Segóvia e Cabril, e que ele por vezes esperava no começo da aldeia, junto ao Cruzeiro, ficando a escutar o homem que desmontava, ofegante, e logo lhe dava novas apressadas.

Uma noite em que D. Leonor no seu quarto, rezava o terço com as aias, à luz de uma tocha de cera, o senhor de Lara entrou muito vagarosamente, trazendo na mão uma folha de pergaminho e uma pena mergulhada no seu tinteiro de osso. Com um rude aceno despediu as aias, que o temiam como a um lobo. E, empurrando um escabelo para junto da mesa, volvendo para D. Leonor a face a que impusera tranquilidade e agrado, como se apenas viesse por coisas naturais e fáceis:

— Senhora — disse —, quero que me escrevais aqui uma carta que muito convém escrever...

Tão costumada era nela a submissão, que, sem outro reparo ou curiosidade, indo apenas pendurar na barra do leito o rosário em que rezara, se acomodou sobre o escabelo, e os seus dedos finos, com muita aplicação, para que a letra fosse esmerada e clara, traçaram a primeira linha curta que o senhor de Lara ditara e era: "Meu cavaleiro...". Mas quando ele ditou a outra, mais longa, e de um modo amargo, D. Leonor arrojou a pena, como se a pena a escaldasse, e, recuando da mesa, gritou, numa aflição:

— Senhor, para que convém que eu escreva tais coisas e tão falsas?...

Num brusco furor, o senhor de Lara arrancou do cinto um punhal, que lhe agitou junto à face, rugindo surdamente:

— Ou escreveis o que vos mando e que a mim me convém, ou, por Deus, que vos varo o coração!...

Mais branca que a cera da tocha que os alumiava, com a carne arrepiada ante aquele ferro que luzia, num terror supremo e que tudo aceitava, D. Leonor murmurou:

— Pela Virgem Maria, não me façais mal!... Nem vos agasteis, senhor, que eu vivo para vos obedecer e servir... Agora, mandai, que eu escreverei.

Então, com os punhos cerrados nas bordas da mesa, onde pousara o punhal, esmagando a frágil e desditosa mulher sob o olhar duro que fuzilava, o senhor de Lara ditou, atirou roucamente, aos pedaços, aos repelões, uma carta que dizia, quando finda e traçada em letra bem incerta e trêmula: "Meu cavaleiro: muito mal haveis compreendido, ou muito mal pagais o amor que vos tenho, e que não vos pude nunca, em Segóvia, mostrar claramente... Agora aqui estou em Cabril, ardendo por vos ver; e se o vosso desejo corresponde ao meu, bem facilmente o podeis realizar, pois que meu marido se acha ausente noutra herdade, e esta de Cabril é toda fácil e aberta. Vinde esta noite, entrai pela porta do jardim, do lado da azinhaga, passando o tanque, até o terraço. Aí avistareis uma escada encostada a uma janela da casa, que é a janela do meu quarto, onde sereis bem docemente agasalhado por quem ansiosamente vos espera...".

— Agora, senhora, assinai por baixo o vosso nome, que isso sobretudo convém!

D. Leonor traçou vagarosamente o seu nome, tão vermelha como se a despissem diante de uma multidão.

— E agora — ordenou o marido mais surdamente, através dos dentes cerrados —; endereçai a D. Rui de Cárdenas!

Ela ousou erguer os olhos, na surpresa daquele nome desconhecido.

— Andai!... A D. Rui de Cárdenas! — gritou o homem sombrio.

E ela endereçou a sua desonesta carta a D. Rui de Cárdenas.

D. Alonso meteu o pergaminho no cinto, junto ao punhal que embainhara, e saiu em silêncio com a barba espetada, abafando o rumor dos passos nas lajes do corredor.

Ela ficara sobre o escabelo, as mãos cansadas e caídas no regaço, num infinito espanto, o olhar perdido na escuridão da noite silente. Menos escura lhe parecia a morte que essa escura aventura em que se sentia envolvida e levada! Quem era esse D. Rui de Cárdenas, de quem nunca ouvira falar, que nunca atravessara a sua vida, tão quieta, tão pouco povoada de memórias e de homens? E ele decerto a conhecia, a encontrara, a seguira, ao menos com os olhos, pois que era coisa natural e bem ligada receber dela carta de tanta paixão e promessa...

Assim, um homem, e moço decerto bem nascido, talvez gentil, penetrava no seu destino bruscamente, trazido pela mão de seu marido? Tão intimamente mesmo se entranhara esse homem na sua vida, sem que ela se apercebesse, que já para ele se abria de noite a porta do seu jardim, e contra a sua janela, e para ele subir, se arrumava de noite uma escada!... E era seu marido que muito secretamente escancarava a porta, e muito secretamente levantava a escada... Para quê?...

Então, num relance, D. Leonor compreendeu a verdade, a vergonhosa verdade, que lhe arrancou um grito ansiado e mal sufocado. Era uma cilada! O senhor de Lara atraía a Cabril esse D. Rui com uma promessa magnífica, para dele se apoderar, e decerto o matar, indefeso e solitário! E ela, o seu amor, o seu corpo, eram as promessas que se faziam rebrilhar ante os olhos seduzidos do moço desventuroso. Assim seu marido usava a sua beleza, o seu leito, como a rede de ouro em que devia cair aquela presa estouvada! Onde haveria maior ofensa? E também quanta imprudência! Bem poderia esse D. Rui de Cárdenas desconfiar, não aceder a convite tão abertamente amoroso, e depois mostrar por toda a Segóvia, rindo e triunfando, aquela carta em que lhe fazia oferta do seu leito e do seu corpo a mulher de Alonso de Lara! Mas não! O desventurado correria a Cabril — e para morrer, miseravelmente morrer no negro silêncio da noite, sem padre, nem sacramentos, com a alma encharcada em pecado de amor! Para morrer, decerto — porque nunca o senhor de Lara permitiria que vivesse o homem que recebera tal carta. Assim, aquele moço morria por amor dela, e por um amor que, sem lhe valer nunca um gosto, lhe valia logo a morte! Decerto por amor dela — pois que tal ódio do Senhor de Lara, ódio que, com tanta deslealdade e vilania, se cevava, só podia nascer de ciúmes, que lhe escureciam todo o dever de cavaleiro e de cristão. Sem dúvida ele surpreendera olhares, passos, tenções desse senhor D. Rui, mal acautelado por bem namorado.

Mas como? Quando? Confusamente se lembrava ela de um moço que um domingo a cruzara no adro, a esperara ao portal da igreja, com um molho de cravos na mão... Seria esse? Era de nobre parecer, muito pálido, com grandes olhos negros e quentes. Ela passara — indiferente... Os cravos que segurava na mão eram vermelhos e amarelos... A quem os levava?... Ah! Se o pudesse avisar, bem cedo, de madrugada! Como, se não havia em Cabril serviçal ou aia de quem se fiasse? Mas deixar que uma bruta espada varasse traiçoeiramente aquele coração, que vinha cheio dela, palpitando por ela, todo na esperança dela!...

Oh! A desabrida e ardente correria de D. Rui, desde Segóvia a Cabril, com a promessa do encantador jardim aberto, da escada posta contra a janela, sob a mudez e proteção da noite! Mandaria realmente o senhor de Lara encostar uma escada à janela? Decerto, para com mais facilidade o poderem matar, ao pobre, e doce, e inocente moço, quando ele subisse, mal seguro sobre um frágil degrau, as mãos embaraçadas, a espada a dormir na bainha... E assim, na outra noite, em face ao seu leito, a sua janela estaria aberta, e uma escada estaria erguida contra a sua janela à espera de um homem! Emboscado na sombra do quarto, seu marido seguramente mataria esse homem...

Mas se o senhor de Lara esperasse fora dos muros da quinta, assaltasse brutalmente, nalguma azinhaga, aquele D. Rui de Cárdenas, e, ou por menos destro, ou por menos forte, num terçar de armas, caísse ele traspassado, sem que o outro conhecesse a quem matara? E ela, ali, no seu quarto, sem saber, e todas as portas abertas, e a escada erguida, e aquele homem assomando à janela na sombra macia da noite tépida, e o marido que a devia defender morto no fundo de uma azinhaga... Que faria ela, Virgem Mãe? Oh! Decerto repeliria, soberbamente, o moço temerário. Mas o espanto dele e a cólera do seu desejo enganado! "Por vós é que eu vim chamado, senhora!". E ali trazia, sobre o coração, a carta dela, com seu nome, que a sua mão traçara. Como lhe poderia contar a emboscada e o dolo? Era tão longo de contar, naquele silêncio e solidão da noite, enquanto os olhos dele, úmidos e negros, a estivessem suplicando e traspassando... Desgraçada dela se o senhor de Lara morresse, a deixasse solitária, sem defesa, naquela vasta casa aberta! Mas quanto desgraçada também se aquele moço, chamado por ela, e que a amava, e que por esse amor vinha correndo deslumbrante, encontrasse a morte no sítio da sua esperança, que era o sítio do seu pecado, e, morto em pleno pecado, rolasse para a eterna desesperança... Vinte e cinco anos, ele — se era o mesmo de quem se lembrava, pálido, e tão airoso, com um gibão de veludo roxo e um ramo de cravos na mão, à porta da igreja, em Segóvia...

Duas lágrimas saltaram dos cansados olhos de D. Leonor. E dobrando os joelhos, levantando a alma toda para o céu, onde a lua se começava a levantar, murmurou, numa infinita mágoa e fé:

— Oh! Santa Virgem do Pilar, Senhora minha, vela por nós ambos, vela por todos nós!...

III

D. Rui entrava, pela hora da calma, no fresco pátio da sua casa, quando de um banco de pedra, na sombra, se ergueu um moço de campo, que tirou de dentro do surrão uma carta, lha entregou, murmurando:

— Senhor, dai-vos pressa em ler, que tenho de voltar a Cabril, a quem me mandou...

D. Rui abriu o pergaminho; e, no deslumbramento que o tomou, bateu com ele contra o peito, como para o enterrar no coração...

O moço do campo insistia, inquieto:

— Aviai, senhor, aviai! Nem precisais responder. Basta que me deis um sinal de vos ter vindo o recado...

Muito pálido, D. Rui arrancou uma das luvas bordadas a retrós, que o moço enrolou e sumiu no surrão. E já abalava na ponta das alpercatas leves, quando, com um aceno, D. Rui ainda o deteve:

— Escuta. Que caminho tomas tu para Cabril?

— O mais curto e sozinho para gente afoita, que é pelo Cerro dos Enforcados.

— Bem.

D. Rui galgou as escadas de pedra, e no seu aposento, sem mesmo tirar o sombreiro, de novo leu junto da gelosia aquele pergaminho divino, em que D. Leonor o chamava de noite ao seu quarto, à posse inteira do seu ser. E não o maravilhava essa oferta — depois de uma tão constante, imperturbada indiferença. Antes nela logo percebeu um amor muito astuto, por ser muito forte, que, com grande paciência, se esconde ante os estorvos e os perigos, e mudamente prepara a sua hora de contentamento, melhor e mais deliciosa por tão preparada. Sempre ela o amara, pois, desde a manhã bendita em que os seus olhos se tinham cruzado no portal de Nossa Senhora. E enquanto ele rondava aqueles muros do jardim, maldizendo uma frieza que lhe parecia mais fria que a dos frios muros, já ela lhe dera a sua alma, e cheia de constância, com amorosa sagacidade, recalcando o menor suspiro, adormecendo desconfianças, preparava a noite radiante em que lhe daria também o seu corpo.

Tanta firmeza, tão fino engenho nas coisas do amor, ainda lha tornavam mais bela e mais apetecida!

Com que impaciência olhava então o sol, tão desapressado nessa tarde em descer para os montes! Sem repouso, no seu quarto, com as gelosias cerradas para melhor concentrar a sua felicidade, tudo aprontava amorosamente para a triunfal jornada: as finas roupas, as finas rendas, um gibão de veludo negro e as essências perfumadas. Duas vezes desceu à cavalariça a verificar se o seu cavalo estava bem ferrado e bem pensado. Sobre o soalho, vergou e revergou, para a experimentar, a folha da espada que levaria à cinta... Mas o seu maior cuidado era o caminho para Cabril, apesar de bem o conhecer, e a aldeia apinhada em torno ao mosteiro franciscano, e a velha ponte romana com o seu Calvário, e a azinhaga funda que levava à herdade do senhor de Lara. Ainda nesse inverno por lá passara, indo montear com dois amigos de Astorga, e avistara a torre dos de Lara, e pensara: "Eis a torre da minha ingrata!". Como se enganava! As noites agora eram de lua, e ele sairia de Segóvia caladamente, pela porta de S. Mauros. Um galope curto o punha no Cerro dos Enforcados... Bem o conhecia também, esse sítio de tristeza e pavor, com os seus quatro pilares de pedra, onde se enforcavam os criminosos, e onde os seus corpos ficavam, balouçados da ventania, ressequidos do sol, até que as cordas apodrecessem e as ossadas caíssem, brancas e limpas da carne pelo bico dos corvos. Por trás do cerro era a Lagoa das Donas. A derradeira vez que por lá andara, fora em dia do apóstolo S. Matias, quando o corregedor e as confrarias de caridade e paz, em procissão, iam dar sepultura sagrada às ossadas caídas no chão negro, esbrugadas pelas aves. Daí o caminho, depois, corria liso e direito a Cabril.

Assim D. Rui meditava a sua jornada venturosa, enquanto a tarde ia caindo. Mas, quando escureceu, e em torno às torres da igreja começaram a girar os morcegos, e nas esquinas do adro se acenderam os nichos das Almas, o valente moço sentiu um medo estranho, o medo daquela felicidade que se acercava e que lhe parecia sobrenatural. Era, pois, certo, que essa mulher de divina formosura, famosa em Castela, e mais inacessível que um astro, seria sua, toda sua, no silêncio e segurança de uma alcova, dentro em breves instantes, quando ainda se não tivessem apagado diante dos retábulos das Almas aqueles lumes devotos? E o que fizera ele para lograr tão grande bem? Pisara as lajes de um adro, esperara no portal de uma igreja, procurando com os olhos outros dois olhos, que não se erguiam, indiferentes ou desatentos. Então, sem dor, abandonara a sua esperança... E eis que de repente aqueles olhos distraídos o procuram, e aqueles braços fechados se lhe abrem, largos e nus, e com o corpo e com a alma aquela mulher lhe grita: "Oh! Mal avisado, que não me entendeste! Vem! Quem te desanimou já te pertence!". Houvera jamais igual ventura? Tão alta, tão rara era, que decerto atrás dela, se não erra a lei humana, já devia caminhar a desventura! Já na verdade caminhava — pois quanta desventura em saber que depois de tal ventura, quando de madrugada, saindo dos divinos braços, ele recolhesse a Segóvia, a sua Leonor, o bem sublime da sua vida, tão inesperadamente adquirida por um instante, recairia logo sob o poder de outro amo!

Que importava! Viessem depois dores e zelos! Aquela noite era esplendidamente sua, o mundo todo uma aparência vã e a única realidade esse quarto de Cabril, mal alumiado, onde ela o esperaria, com os cabelos soltos! Foi com sofreguidão que desceu a escada, se arremessou sobre o seu cavalo. Depois, por prudência, atravessou o adro muito lentamente, com o sombreiro bem levantado da face, como num passeio natural, a procurar fora dos muros a frescura da noite. Nenhum encontro o inquietou até a porta de S. Mauros. Aí, um mendigo, agachado na escuridão de um arco, e que tocava monotonamente a sua sanfona, pediu, em lamúria, à Virgem e a todos os santos, que levassem aquele gentil cavaleiro na sua doce e santa guarda. D. Rui parara para lhe atirar uma esmola, quando se lembrou que nessa tarde não fora à igreja, à hora de Vésperas, rezar e pedir a bênção à sua divina madrinha. Com um salto, desceu logo do cavalo, porque justamente, rente ao velho arco, tremeluzia uma lâmpada alumiando um retábulo. Era uma imagem da Virgem com o peito traspassado por sete espadas. D. Rui ajoelhou, pousou o sombreiro nas lajes e com as mãos erguidas, muito zelosamente, rezou uma Salve-Rainha. O clarão amarelo da luz envolvia o rosto da Senhora, que, sem sentir as dores dos sete ferros, ou como se eles só dessem inefáveis gozos, sorria com os lábios muito vermelhos. Enquanto ele rezava, no convento de São Domingos, ao lado, a sineta começou a tocar a agonia. Dentre a sombra negra do arco, cessando a sanfona, o mendigo murmurou: "Lá está um frade a morrer!". D. Rui disse uma Ave-Maria pelo frade que morria. A Virgem das sete espadas sorria docemente — o toque de agonia não era, pois, de mau presságio! D. Rui cavalgou alegremente e partiu.

Para além da porta de S. Mauros, depois de alguns casebres de oleiros, o caminho seguia, esguio e negro, entre altas piteiras. Por trás das colinas, ao fundo da planície escura, subia o primeiro clarão, amarelo e lânguido, da lua cheia, ainda escondida. E D. Rui marchava a passo, receando chegar a Cabril muito cedo, antes que as aias e os moços findassem o serão e o rosário. Por que não lhe marcara D. Leonor a hora, naquela carta tão clara e tão pensada? Então a sua imaginação corria adiante, rompia pelo jardim de Cabril, galgava aladamente a escada prometida — e ele largava também atrás, numa carreira sôfrega, que arrancava as pedras do caminho mal junto. Depois sofreava o cavalo ofegante. Era cedo, era cedo! E retomava o passo penoso, sentindo o coração contra o peito, como ave presa que bate às grades.

Assim chegou ao Cruzeiro, onde a estrada se fendia em duas, mais juntas que as pontas de uma forquilha, ambas cortando através de pinheiral. Descoberto diante da imagem crucificada, D. Rui teve um instante de angústia, pois não se recordava qual delas levava ao Cerro dos Enforcados. Já se embrenhara na mais cerrada, quando, dentre os pinheiros calados, uma luz surgiu, dançando no escuro. Era uma velha em farrapos, com as longas melenas soltas, vergada sobre um bordão e levando uma candeia.

— Para onde vai este caminho? — gritou Rui.

A velha balançou mais ao alto a candeia, para mirar o cavaleiro.

— Para Xarrama.

E luz e velha imediatamente se sumiram, fundidas na sombra, como se ali tivessem surgido somente para avisar o cavaleiro de seu caminho errado... Já ele virara arrebatadamente; e, rodeando o Calvário, galopou pela outra estrada mais larga, até avistar, sobre a claridade do céu os pilares negros, os madeiros negros do Cerro dos Enforcados. Então estacou direito nos estribos. Num cômoro alto, seco, sem erva ou urze, ligados por um muro baixo, todo esbrechado, lá se erguiam, negros, enormes, sobre a amarelidão do luar, os quatro pilares de granito semelhantes aos quatro cunhais de uma casa desfeita. Sobre os pilares pousavam quatro grossas traves. Das traves pendiam quatro enforcados negros e rígidos, no ar parado e mudo. Tudo em torno parecia morto como eles.

Gordas aves de rapina dormiam empoleiradas sobre os madeiros. Para além, rebrilhava lividamente a água morta da Lagoa das Donas. E, no céu, a lua ia grande e cheia.

D. Rui murmurou o Padre Nosso devido por todo o cristão àquelas almas culpadas. Depois impeliu o cavalo, e passava — quando, no imenso silêncio e na imensa solidão, se ergueu, ressoou uma voz, uma voz que o chamava, suplicante e lenta:

— Cavaleiro, detende-vos, vinde cá!...

D. Rui colheu bruscamente as rédeas e, erguido sobre os estribos, atirou os olhos espantados por todo o sinistro ermo. Só avistou o cerro áspero, a água rebrilhante e muda, os madeiros, os mortos. Pensou que fora ilusão da noite ou ousadia de algum demônio errante. E, serenamente, picou o cavalo, sem sobressalto ou pressa, como numa rua de Segóvia. Mas, por trás, a voz tornou, mais urgentemente o chamou, ansiosa, quase aflita:

— Cavaleiro, esperai, não vos vades, voltai, chegai aqui!...

De novo D. Rui estacou e, virado sobre a sela, encarou afoitamente os quatro corpos pendurados das traves. Do lado deles soava a voz, que, sendo humana, só podia sair de forma humana! Um desses enforcados, pois, o chamara, com tanta pressa e ânsia.

Restaria nalguns, por maravilhosa mercê de Deus, alento e vida? Ou seria que, por maior maravilha, uma dessas carcaças meio apodrecidas o detinha para lhe transmitir aviso de além da campa?... Mas, que a voz rompesse de um peito vivo ou de um peito morto, grande covardia era abalar, espavoridamente, sem a atender e a ouvir.

Atirou logo para dentro do cerro o cavalo, que tremia; e, parando, direito e calmo, com a mão na ilharga, depois de fitar, um por um, os quatro corpos suspensos, gritou:

— Qual de vós, homens enforcados, ousou chamar por D. Rui de Cárdenas?

Então aquele que voltava as costas à lua cheia respondeu, do alto da corda, muito quieta e naturalmente, como um homem que conversa da sua janela para a rua:

— Senhor, fui eu.

D. Rui fez avançar para diante dele o cavalo. Não lhe distinguia a face, enterrada no peito, escondida pelas longas e negras melenas pendentes. Só percebeu que tinha as mãos soltas e desamarradas, e também soltos os pés nus, já ressequidos e da cor do betume.

— Que me queres?

O enforcado, suspirando, murmurou:

— Senhor, fazei-me a grande mercê de me cortar esta corda em que estou pendurado.

D. Rui arrancou a espada e de um golpe certo cortou a corda meio apodrecida. Com um sinistro som de ossos entrechocados o corpo caiu no chão, onde jazeu um momento, estirado. Mas, imediatamente, se endireitou sobre os pés mal seguros e ainda dormentes — e ergueu para D. Rui uma face morta, que era uma caveira com a pele muito colada, e mais amarela que a lua que nela batia. Os olhos não tinham movimento nem brilho. Ambos os beiços se lhe arreganhavam num sorriso empedernido. Dentre os dentes, muito brancos, surdia uma ponta de língua muito negra.

D. Rui não mostrou terror, nem asco. E embainhando serenamente a espada:

— Tu estás morto ou vivo? — perguntou.

O homem encolheu os ombros com lentidão:

— Senhor, não sei... Quem sabe o que é a vida? Quem sabe o que é a morte?...

— Mas que queres de mim?

O enforcado, com os longos dedos descarnados, alargou o nó da corda que ainda lhe laçava o pescoço e declarou muito serena e firmemente

— Senhor, eu tenho de ir convosco a Cabril, onde vós ides.

O cavaleiro estremeceu num tão forte assombro, repuxando as rédeas, que o seu bom cavalo se empinou como assombrado também.

— Comigo a Cabril?!...

O homem curvou o espinhaço, a que se viam os ossos todos, mais agudos que os dentes de uma serra, através de um longo rasgão da camisa de estamenha:

— Senhor — suplicou —, não mo negueis. Que eu tenho a receber grande salário se vos fizer grande serviço!

Então D. Rui pensou de repente que bem podia ser aquela uma traça formidável do Demônio. E, cravando os olhos muito brilhantes na face morta que para ele se erguia, ansiosa, à espera do seu consentimento — fez um lento e largo sinal da cruz.

O enforcado vergou os joelhos com assustada reverência:

— Senhor, para que me experimentais com esse sinal? Só por ele alcançamos remissão, e eu só dele espero misericórdia.

Então D. Rui pensou que, se esse homem não era mandado pelo Demônio, bem podia ser mandado por Deus! E logo devotamente, com um gesto submisso em que tudo entregava ao céu, consentiu, aceitou o pavoroso companheiro:

— Vem comigo, pois, a Cabril, se Deus te manda! Mas eu nada te pergunto e tu nada me perguntes.

Desceu logo o cavalo à estrada, toda alumiada da lua. O enforcado seguia ao seu lado, com passos tão ligeiros, que mesmo quando D. Rui galopava ele se conservava rente ao estribo, como levado por um vento mudo.

Por vezes, para respirar mais livremente, repuxava o nó da corda que lhe enroscava o pescoço. E, quando passavam entre sebes onde errasse o aroma de flores silvestres, o homem murmurava com infinito alívio e delícia:

— Como é bom correr!

D. Rui ia num assombro, num tormentoso cuidado. Bem compreendia agora que era aquele um cadáver reanimado por Deus, para um estranho e encoberto serviço. Mas para que lhe dava Deus tão medonho companheiro? Para o proteger? Para impedir que D. Leonor, amada do céu pela sua piedade, caísse em culpa mortal? E, para tão divina incumbência de tão alta mercê, já não tinha o Senhor anjos no céu, que necessitasse empregar um supliciado?... Ah! Como ele voltaria alegremente a rédea para Segóvia, se não fora a galante lealdade de cavaleiro, o orgulho de nunca recuar, e a submissão às ordens de Deus, que sentia sobre si pesarem...

De um alto da estrada, de repente, avistaram Cabril, as torres do convento franciscano alvejando ao luar, os casais adormecidos entre as hortas. Muito silenciosamente, sem que um cão ladrasse detrás das cancelas ou de cima dos muros, desceram a velha ponte romana. Diante do Calvário, o enforcado caiu de joelhos nas lajes, ergueu os lívidos ossos das mãos, ficou longamente rezando, entre longos suspiros. Depois, ao entrar na azinhaga, bebeu muito tempo, e consoladamente, de uma fonte que corria e cantava sob as frondes de um salgueiro. Como a azinhaga era muito estreita, ele caminhava adiante do cavaleiro, todo curvado, os braços cruzados fortemente sobre o peito, sem um rumor.

A lua ia alta no céu. D. Rui considerava com amargura aquele disco, cheio e lustroso, que espargia tanta claridade, e tão indiscreta, sobre o seu segredo. Ah! Como se estragava a noite que devia ser divina! Uma enorme lua surdia dentre os montes para tudo alumiar. Um enforcado descia da forca para o seguir e tudo saber. Deus assim o ordenara. Mas que tristeza chegar à doce porta, docemente prometida, com tal intruso ao seu lado, sob aquele céu todo claro!

Bruscamente, o enforcado estacou, erguendo o braço, de onde a manga pendia em farrapos. Era o fim da azinhaga que desembocava em caminho mais largo e mais batido — e diante deles alvejava o comprido muro da quinta do senhor de Lara, tendo aí um mirante, com varandins de pedra, e todo revestido de hera.

— Senhor — murmurou o enforcado, segurando com respeito o estribo de D. Rui —, logo a poucos passos desse mirante é a porta por onde deveis penetrar no jardim. Convém que aqui deixeis o cavalo, amarrado a uma árvore, se o tendes por seguro e fiel. Que na empresa em que vamos, já é demais o rumor dos nossos pés!...

Silenciosamente D. Rui apeou, prendeu o cavalo, que sabia fiel e seguro, ao tronco de um álamo seco.

E tão submisso se tornara àquele companheiro imposto por Deus, que sem outro reparo o foi seguindo rente do muro que o luar batia.

Com vagarosa cautela, e na ponta dos pés nus, avançava agora o enforcado, vigiando o alto do muro, sondando a negrura da sebe, parando a escutar rumores que só para ele eram percebíveis — porque nunca D. Rui conhecera noite mais fundamente adormecida e muda.

E tal susto, em quem devia ser indiferente a perigos humanos, foi lentamente enchendo também o valoroso cavaleiro de tão viva desconfiança, que tirava o punhal da bainha, enrodilhava a capa no braço, e marchava em defesa, com o olhar faiscando, como num caminho de emboscada e briga. Assim chegaram a uma porta baixa, que o enforcado empurrou, e que se abriu sem gemer nos gonzos. Penetraram numa rua ladeada de espessos teixos até a um tanque cheio de água, onde boiavam folhas de nenúfares, e que toscos bancos de pedra circundavam, cobertos pela rama de arbustos em flor.

— Por ali! — murmurou o enforcado, estendendo o braço mirrado.

Era, além do tanque, uma avenida que densas e velhas árvores abobadavam e escureciam. Por ela se meteram, como sombras na sombra, o enforcado adiante, D. Rui seguindo muito sutilmente, sem roçar um ramo, mal pisando a areia. Um leve fio de água sussurrava entre relvas. Pelos troncos subiam rosas trepadeiras, que cheiravam docemente. O coração de D. Rui recomeçou a bater numa esperança de amor.

— Chuta! — fez o enforcado.

E D. Rui quase tropeçou no sinistro homem que estacava, com os braços abertos como as traves de uma cancela. Diante deles quatro degraus de pedra subiam a um terraço, onde a claridade era larga e livre. Agachados, treparam os degraus — e ao fundo de um jardim sem árvores, todo em canteiros de flores bem recortados, orlados de buxo curto, avistaram um lado da casa batido pela lua cheia. Ao meio, entre as janelas de peitoril fechadas, um balcão de pedra, com manjericões aos cantos, conservava as vidraças abertas largamente. O quarto, dentro, apagado, era como um buraco de treva na claridade da fachada que o luar banhava. E, arrimada contra o balcão, estava uma escada com degraus de corda.

Então o enforcado empurrou D. Rui vivamente dos degraus para a escuridão da avenida. E aí, com um modo urgente, dominando o cavaleiro, exclamou:

— Senhor! Convém agora que me deis o vosso sombreiro e a capa! Vós quedais aqui na escuridão destas árvores. Eu vou trepar àquela escada e espreitar para aquele quarto... E se for como desejais, aqui voltarei, e com Deus sede feliz...

D. Rui recuou no horror de que tal criatura subisse a tal janela!

E bateu o pé, gritou surdamente:

— Não, por Deus!

Mas a mão do enforcado, lívida na escuridão, bruscamente lhe arrancou o sombreiro da cabeça, lhe puxou a capa do braço.

E já se cobria, já se embuçava, murmurando agora, numa súplica ansiosa:

— Não mo negueis, senhor, que se vos fizer grande serviço, ganharei grande mercê!

E galgou os degraus — estava no alumiado e largo terraço. D. Rui subiu, atontado, e espreitou. E — oh, maravilha! — era ele, D. Rui, todo ele, na figura e no modo, aquele homem que, por entre os canteiros e o buxo curto, avançava, airoso e leve, com a mão na cintura, a face erguida risonhamente para a janela, a longa pluma escarlate do chapéu balançando em triunfo. O homem avançava no luar esplêndido. O quarto amoroso lá estava esperando, aberto e negro. E D. Rui olhava, com olhos que faiscavam, tremendo de pasmo e cólera. O homem chegara à escada: destraçou a capa, assentou o pé no degrau de corda! — "Oh! Lá sobe, o maldito!" — rugiu D. Rui. O enforcado subia. Já a alta figura, que era dele, D. Rui, estava a meio da escada, toda negra contra a parede branca. Parou!... Não! Não parara: subia, chegava — já sobre o rebordo da varanda pousara o joelho cauteloso. D. Rui olhava, desesperadamente, com os olhos, com a alma, com todo o seu ser... E eis que, de repente, do quarto negro surge um negro vulto, uma furiosa voz brada — "vilão, vilão!" — e uma lâmina de adaga faísca, e cai, e outra vez se ergue, e rebrilha, e se abate, e ainda refulge, e ainda se embebe!... Como um fardo, do alto da escada, pesadamente, o enforcado cai sobre a terra mole. Vidraças, portadas do balcão logo se fecham com fragor. E não houve mais senão o silêncio, a serenidade macia, a lua muito alta e redonda no céu de verão.

Num relance D. Rui compreendera a traição, arrancara a espada, recuando para a escuridão da avenida — quando, oh, milagre! — correndo através do terraço, aparece o enforcado, que lhe agarra a manga e lhe grita:

— A cavalo, senhor, e abalar, que o encontro não era de amor, mas de morte!

Ambos descem arrebatadamente a avenida, costeiam o tanque sob o refúgio dos arbustos em flor, metem pela rua estreita orlada de teixos, varam a porta — e um momento param, ofegantes, na estrada, onde a lua, mais refulgente, mais cheia, fazia como um puro dia.

E então, só então, D. Rui descobriu que o enforcado conservava cravada no peito, até aos copos, a adaga, cuja ponta lhe saía pelas costas, luzidia e limpa!... Mas já o pavoroso homem o empurrava, o apressava:

— A cavalo, senhor, e abalar, que ainda está sobre nós a traição!

Arrepiado, numa ânsia de findar aventura tão cheia de milagre e de horror, D. Rui colheu as rédeas, cavalgou sofregamente. E logo, em grande pressa, o enforcado saltou também para a garupa do cavalo fiel. Todo se arrepiou o bom cavaleiro, ao sentir nas suas costas o roçar daquele corpo morto, dependurado de uma forca, atravessado por uma adaga. Com que desespero galopou então pela estrada infindável! Em carreira tão violenta o enforcado nem oscilava, rígido sobre a garupa, como um bronze num pedestal. E D. Rui a cada momento sentia um frio mais regelado que lhe regelava os ombros, como se levasse sobre eles um saco cheio de gelo. Ao passar no cruzeiro murmurou: "Senhor, valei-me!". Para além do cruzeiro, de repente, estremeceu com o quimérico medo de que tão fúnebre companheiro, para sempre o ficasse acompanhando, e se tornasse seu destino galopar através do mundo, numa noite eterna, levando um morto à garupa... E não se conteve, gritou para trás, no vento da carreira que os vergastava:

— Para onde quereis que vos leve?

O enforcado, encostando tanto o corpo a D. Rui que o magoou com os copos da adaga, segredou:

— Senhor, convém que me deixeis no cerro!

Doce e infinito alívio para o bom cavaleiro — pois o cerro estava perto, e já lhe avistava, na claridade desmaiada, os pilares e as traves negras... Em breve estacou o cavalo, que tremia, branqueado de espuma.

Logo o enforcado, sem rumor, escorregou da garupa, segurou, com bom serviçal, o estribo de D. Rui, e com a caveira erguida, a língua negra mais saída dentre os dentes brancos, murmurou em respeitosa súplica:

— Senhor, fazei-me agora a grande mercê de me pendurar outra vez da minha trave.

D. Rui estremeceu de horror:

— Por Deus! Que vos enforque, eu?...

O homem suspirou, abrindo os braços compridos:

— Senhor, por vontade de Deus é, e por vontade d'Aquela que é mais cara a Deus!

Então, resignado, submisso aos mandados do Alto, D. Rui apeou — e começou a seguir o homem, que subia para o cerro pensativamente, vergando o dorso, de onde saía, espetada e luzidia, a ponta da adaga. Pararam ambos sob a trave vazia. Em torno das outras traves pendiam as outras carcaças. O silêncio era mais triste e fundo que os outros silêncios da terra. A água da lagoa enegrecera. A lua descia e desfalecia.

D. Rui considerou a trave onde restava, curto no ar, o pedaço de corda que ele cortara com a espada.

— Como quereis que vos pendure? — perguntou. — Àquele pedaço de corda não posso chegar com a mão; nem eu só basto para lá vos içar.

— Senhor — respondeu o homem —, aí a um canto deve haver um longo rolo de corda. Uma ponta dela ma atareis a este nó que trago no pescoço; a outra ponta a arremessareis por cima da trave, e puxando depois, forte como sois, bem me podereis reenforcar.

Ambos curvados, com passos lentos, procuraram o rolo de corda. E foi o enforcado que o encontrou, o desenrolou... Então D. Rui descalçou as luvas. E ensinado por ele (que tão bem o aprendera do carrasco), atou uma ponta da corda ao laço que o homem conservava no pescoço, e arremessou fortemente a outra ponta, que ondeou no ar, passou sobre a trave, ficou pendurada rente ao chão. E o rijo cavaleiro, fincando os pés, retesando os braços, puxou, içou o homem, até ele se quedar, suspenso, negro no ar, como um enforcado natural entre os outros enforcados.

— Estais bem assim?

Lenta e sumida, veio a voz do morto:

— Senhor, estou como devo.

Então D. Rui, para o fixar, enrolou a corda em voltas grossas ao pilar de pedra. E tirando o sombreiro, limpando com as costas da mão o suor que o alagava, contemplou o seu sinistro e miraculoso companheiro. Estava já rígido como antes, com a face pendida sob as melenas caídas, os pés inteiriçados, todo puído e carcomido como uma velha carcaça. No peito conservava a adaga cravada. Por cima, dois corvos dormiam quietos.

— E agora que mais quereis? — perguntou D. Rui, começando a calçar as luvas.

Sumidamente, do alto, o enforcado murmurou:

— Senhor, muito vos rogo agora que, ao chegar a Segóvia, tudo conteis fielmente a Nossa Senhora do Pilar, vossa madrinha, que dela espero grande mercê para a minha alma, por esse serviço que, a seu mandado, vos fez o meu corpo!

Então, D. Rui de Cárdenas tudo compreendeu — e, ajoelhando devotamente sobre o chão de dor e morte, rezou uma longa oração por aquele bom enforcado.

Depois galopou para Segóvia. A manhã clareava, quando ele transpôs a porta de S. Mauros. No ar fino os sinos claros tocavam a matinas. E entrando na igreja de Nossa Senhora do Pilar, ainda no desalinho da sua terrível jornada, D. Rui, de rojo ante o altar, narrou à sua Divina Madrinha a ruim tenção que o levara a Cabril, o socorro que do céu recebera, e, com quentes lágrimas de arrependimento e gratidão, lhe jurou que nunca mais poria desejo onde houvesse pecado, nem no seu coração daria entrada a pensamento que viesse do Mundo e do Mal.

IV

A essa hora, em Cabril, D. Alonso de Lara, com olhos esbugalhados de pasmo e terror, esquadrinhava todas as ruas e recantos e sombras do seu jardim.

Quando ao alvorecer, depois de escutar à porta da câmara onde nessa noite encerrara D. Leonor, ele descera sutilmente ao jardim e não encontrara, debaixo do balcão, rente à escada, como deliciosamente esperava, o corpo de D. Rui de Cárdenas. Teve por certo que o homem odioso, ao tombar, ainda com um resto débil de vida, se arrastara sangrando e arquejando, na tentativa de alcançar o cavalo e abalar de Cabril... Mas, com aquela rija adaga que ele três vezes lhe enterrara no peito, e que no peito lhe deixara, não se arrastaria o vilão por muitas jardas, e nalgum canto devia jazer frio e inteiriçado. Rebuscou então cada rua, cada sombra, cada maciço de arbustos. E — maravilhoso caso! — não descobria o corpo, nem pegadas, nem terra que houvesse sido remexida, nem sequer rasto de sangue sobre a terra! E, todavia, com mão certeira e faminta de vingança, três vezes ele lhe embebera a adaga no peito, e no peito lha deixara!

E era Rui de Cárdenas o homem que ele matara — que muito bem o conhecera logo, do fundo apagado do quarto de onde espreitava, quando ele, à claridade da lua, veio através do terraço, confiado, ligeiro, com a mão na cintura, a face risonhamente erguida e a pluma do sombreiro meneando em triunfo! Como podia ser coisa tão rara — um corpo mortal sobrevivendo a um ferro, que três vezes lhe vara o coração e no coração lhe fica cravado? E a maior raridade era que nem no chão, debaixo da varanda, onde corria ao longo do muro uma tira de goivos e cecéns, deixara um vestígio aquele corpo forte, caindo de tão alto pesadamente, inertemente, como um fardo! Nem uma flor machucada — todas direitas, viçosas, como novas, com gotas leves de orvalho! Imóvel de espanto, quase de terror, D. Alonso de Lara ali parava, considerando o balcão, medindo a altura da escada, olhando esgazeadamente os goivos direitos, frescos, sem uma haste ou folha vergada. Depois recomeçava a correr loucamente o terraço, a avenida, a rua de teixos, na esperança ainda de uma pegada, de um galho partido, de uma nódoa de sangue na areia fina.

Nada! Todo o jardim oferecia um desusado arranjo e limpeza nova, como se sobre ele nunca houvesse passado nem o vento que desfolha, nem o sol que murcha.

Então, ao entardecer, devorado pela incerteza e mistério, tomou um cavalo e, sem escudeiro ou cavalariço, partiu para Segóvia. Curvado e escondidamente, como um foragido, penetrou no seu palácio pela porta do pomar; e o seu primeiro cuidado foi correr à galeria de abóbada, destrancar as portadas da janela e espreitar avidamente a casa de D. Rui de Cárdenas. Todas as gelosias da velha morada do arcediago estavam escuras, abertas, respirando a fresquidão da noite — e à porta, sentado num banco de pedra, um moço de cavalariça afinava preguiçosamente a bandurra.

D. Alonso de Lara desceu à sua câmara, lívido, pensando que não houvera certamente desgraça em casa onde todas as janelas se abrem para refrescar, e no portão da rua os moços folgam. Então bateu as palmas, pediu furiosamente a ceia. E, apenas sentado, ao topo da mesa, na sua alta sede de couro lavrado, mandou chamar o intendente, a quem ofereceu logo, com estranha familiaridade, um copo de vinho velho. Enquanto o homem, de pé, bebia respeitosamente, D. Alonso, metendo os dedos pelas barbas e forçando a sua sombria face a sorrir, perguntava pelas novas e rumores de Segóvia. Nesses dias da sua estada em Cabril, nenhum caso criara pela cidade espanto e murmuração?... O intendente limpou os beiços, para afirmar que nada ocorrera em Segóvia de que andasse murmuração, a não ser que a filha do senhor D. Gutierres, tão moça e tão rica herdeira, tomara o véu no convento das Carmelitas Descalças. D. Alonso insistia, fitando vorazmente o intendente. E não se travara uma grande briga?... Não se encontrara ferido, na estrada de Cabril, um cavaleiro moço, muito falado?... O intendente encolhia os ombros: nada ouvira, pela cidade, de brigas ou de cavaleiros feridos. Com um aceno desabrido D. Alonso despediu o intendente.

Apenas ceara, parcamente, logo voltou à galeria a espreitar as janelas de D. Rui. Estavam agora cerradas; na última, da esquina, tremeluzia uma claridade. Toda a noite D. Alonso velou, remoendo incansavelmente o mesmo espanto. Como pudera escapar aquele homem, com uma adaga atravessada no coração? Como pudera?... Ao luzir da manhã, tomou uma capa, um largo sombreiro, desceu ao adro, todo embuçado e encoberto, e ficou rondando por diante da casa de D. Rui. Os sinos tocaram a matinas. Os mercadores, com os gibões mal abotoados, saíam a erguer as portadas das lojas, a pendurar as tabuletas. Já os hortelões, picando os burros carregados de seiras, atiravam os pregões de hortaliça fresca, e frades descalços, com o alforje aos ombros, pediam esmola, benziam as moças.

Beatas embiocadas, com grossos rosários negros, enfiavam gulosamente para a igreja. Depois o pregoeiro da cidade, parando a um canto do adro, tocou uma buzina, e numa voz tremenda começou a ler um edital.

O senhor de Lara, parara junto do chafariz, pasmado, como embebido no cantar das três bicas de água. De repente, pensou que aquele edital, lido pelo pregoeiro da cidade, se referia talvez a D. Rui, ao seu desaparecimento... Correu à esquina do adro — mas já o homem enrolara o papel, se afastava majestosamente, batendo nas lajes com a sua vara branca. E, quando se voltava para espiar de novo a casa, eis que os seus olhos atônitos encontram D. Rui, D. Rui que ele matara — e que vinha caminhando para a igreja de Nossa Senhora, ligeiro, airoso, a face risonha e erguida no fresco ar da manhã, de gibão claro, de plumas claras, com uma das mãos pousando na cinta, a outra meneando distraidamente um bastão com borlas de torçal de ouro!

D. Alonso recolheu então a casa com passos arrastados e envelhecidos. No alto da escadaria de pedra, achou o seu velho capelão, que o viera saudar, e que, penetrando com ele na antecâmara, depois de pedir, com reverência, novas da senhora D. Leonor, lhe contou logo de um prodigioso caso, que causava pela cidade grave murmuração e espanto. Na véspera, de tarde, indo o corregedor visitar o cerro das forcas, pois se acercava a festa dos Santos Apóstolos, descobrira, com muito pasmo e muito escândalo, que um dos enforcados tinha uma adaga cravada no peito! Fora gracejo de um pícaro sinistro? Vingança que nem a morte saciara?... E para maior prodígio ainda, o corpo fora despendurado da forca, arrastado em horta ou jardim (pois que presas aos velhos farrapos se encontraram folhas tenras) e depois novamente enforcado e com corda nova!... E assim ia a turbulência dos tempos, que nem os mortos se furtavam a ultrajes!

D. Alonso escutava com as mãos a tremer, os pelos arrepiados. E imediatamente, numa ansiosa agitação, bradando, tropeçando contra as portas, quis partir, e por seus olhos verificar a fúnebre profanação. Em duas mulas ajaezadas à pressa, ambos abalaram para o Cerro dos Enforcados, ele e o capelão arrastado e aturdido. Numeroso povo de Segóvia se juntara já no cerro, pasmando para o maravilhoso horror —

o morto que fora morto!... Todos se arredaram ante o nobre senhor de Lara, que arremessando-se pelo cabeço acima, estacara a olhar, esgazeado e lívido, para o enforcado e para a adaga que lhe varava o peito. Era a sua adaga — fora ele que matara o morto!

Galopou espavoridamente para Cabril. E aí se encerrou com o seu segredo, começando logo a amarelecer, a definhar, sempre arredado da senhora D. Leonor, escondido pelas ruas sombrias do jardim, murmurando palavras ao vento, até que na madrugada de S. João uma serva, que voltava da fonte com a sua bilha, o encontrou morto, por baixo do balcão de pedra, todo estirado no chão, com os dedos encravados no canteiro de goivos, onde parecia ter longamente esgravatado a terra, a procurar...

V

Para fugir a tão lamentáveis memórias, a senhora D. Leonor, herdeira de todos os bens da casa de Lara, recolheu ao seu palácio de Segóvia. Mas como agora sabia que o senhor D. Rui de Cárdenas escapara miraculosamente à emboscada de Cabril, e como cada manhã, espreitando dentre as gelosias, meio cerradas, o seguia, com olhos que se não fartavam e se umedeciam, quando ele cruzava o adro para entrar na igreja, não quis ela, com receio das pressas e impaciências do seu coração, visitar a Senhora do Pilar enquanto durasse o seu luto. Depois, uma manhã de domingo, quando, em vez de crepes negros, se pôde cobrir de sedas roxas, desceu a escadaria do seu palácio, pálida de uma emoção nova e divina, pisou as lajes do adro, transpôs as portas da igreja. D. Rui de Cárdenas estava ajoelhado diante do altar, onde depusera o seu ramo votivo de cravos amarelos e brancos. Ao rumor das sedas finas, ergueu os olhos com uma esperança muito pura e toda feita de graça celeste, como se um anjo o chamasse. D. Leonor ajoelhou, com o peito a arfar, tão pálida e tão feliz que a cera das tochas não era mais pálida, nem mais felizes as andorinhas que batiam as asas livres pelas ogivas da velha igreja.

Ante esse altar, e de joelhos nessas lajes, foram eles casados pelo bispo de Segóvia, D. Martinho, no outono do ano da Graça de 1475, sendo já reis de Castela Isabel e Fernando, muito fortes e muito católicos, por quem Deus operou grandes feitos sobre a terra e sobre o mar.

Conto 6

Um dia de chuva

Era meia-noite e José Ernesto, que estranhara os colchões duros de folhelho, ia enfim adormecer, quando uma larga e pesada bátega de água se abateu bruscamente sobre o Paço de Loures. Estremunhado, levantou a cabeça da dura fronha, cheia de rendas que o incomodavam, e ficou um momento com os olhos arregalados na escuridão, a escutar o rumor da água despenhada que alagava os telhados e crepitava sobre a folhagem dura do laranjal. Depois, pensando na velhice daquele casarão do século XVI, desabitado, segundo afirmara o padre Ribeiro, desde 1850, acendeu a vela e espreitou, meio erguido, os tetos negros de carvalho, no receio de algum buraco. Mas os velhos tetos almofadados pareciam sólidos, e José Ernesto acabou por soprar a luz, puxar o cobertor que, ao deitar, arrojara para os pés, acalorado com a ceia de cabrito e o vinho de Pedras Negras, e cerrou os olhos no conchego que a chuva, lá fora, agreste e fustigada pelo vento, tornara mais doce e onde se fundia o grande cansaço da sua jornada, naquele meado já quente de abril.

Mas não adormeceu, contrariado com aquela chuva de lua nova que podia pegar e estragar a sua visita a Paço de Loures. E ao mesmo tempo, ante aquele rumor de invernia surgido em abril, pensava no estranho impulso que o levara, a ele, solteiro e sociável, amando as cidades e o conforto, a querer comprar uma quinta tão longe de Lisboa, numa região de serras e de névoas.

Era todavia um desejo bem antigo, já do tempo do liceu, quando vivia com o pai em Lisboa, no quarto andar de uma rua ruidosa, tendo por único horizonte um terreno vago, horrivelmente seco, todo de saibro e cascalho, entalado entre dois altos prédios e de onde não via outra cor que não fosse o pardo da cal suja. De verão, sentia a poeira por toda a parte, até nos travesseiros e nos lençóis — e sonhava com grandes árvores cheias de sombras e de pássaros, com águas muito frias e muito lustrosas, transbordando dos tanques de rega. Depois, em Coimbra, tivera por companheiro de casa um rapaz do Norte, que falava perpetuamente na sua casa de S. Brás e nas suas grandes avenidas de carvalhos, nas cascatas, nas roseiras e no mirante sobre o rio onde se tomava o café nas noites de verão. E já então José Ernesto pensava, no seu quarto, sobre os seus livros: "Que diabo, quando for rico, também hei de ter o meu S. Brás!". Mais do que tudo, porém, certas impressões de leitura sobre a Inglaterra e a sua luxuosa e hospitaleira vida de campo tinham desenvolvido nele aquele apetite de ter uma quinta e uma vasta casa com muitos quartos e uma adega bem fornecida, onde pudesse receber os amigos alegres de Lisboa e presidir como um castelão risonho a jantares soberbos de leitão assado, depois de uma caçada pelas serras...

Porém, quando herdara a fortuna do tio Bento, tinha esquecido a quinta, e a natureza, e a vida bucólica, na alegria de realizar outros sonhos, vivos também e cheios de imprevisto. Viajara então pela Europa, conhecera o mundo e acabara por organizar em Lisboa uma instalação de rapaz elegante, estética, com carvalhos lavrados, cadeiras de couro e colchas da Índia. Aí, empatara dois ou três anos na ociosidade da cidade, com um *faeton*, uma cadeira em S. Carlos, uma certa Micaela, corista do Trindade, e uma paixão pela mulher do seu senhorio, na rua de S. Bento.

Esse grande sentimento, ao fim de um ano, murchara naturalmente, como uma bela flor — e fora então que despertara nele o antigo desejo do campo, da quinta e dos hóspedes alegres em torno do leitão assado depois de uma caçada pelas serras...

Justamente, por acaso, lera nas *Novidades*, numa correspondência da província, o anúncio de uma quinta, com um nome sonoro que ele se recordava de ter lido algures, num Romance ou numa Crônica. Na quinta, de resto, havia uma ruína histórica, capela ou torre, e pertencia a um fidalgo provinciano, de que ele nunca ouvira falar, mas que tinha dom e apelidos infindáveis. Escrevera então a esse senhor D. Gaspar — que lhe respondera com uma certa elegância, numa bonita letra inglesa, propondo que ele visitasse o Paço de Loures, onde o sr. padre Ribeiro o esperaria, para o hospedar e lhe mostrar a propriedade! E como nesse momento Lisboa lhe era penosa — José Ernesto partira para o Norte, tentado, já meio decidido a comprar a quinta àquele fidalgo amável e culto, que possuía um padre e um tão lindo cursivo inglês.

Na estação, lá encontrara o sr. padre Ribeiro, procurador de D. Gaspar, com dois cavalicoques para o conduzir ao Paço. Era ao escurecer, e logo o caminho para a quinta o encantou, apesar de áspero, com os seus arvoredos pacíficos, um rumor de água corrente, um cheiro forte de pomares e de prados. O casarão, lá em cima, pintado de amarelo, com uma grande varanda coberta que o ligava a uma velha ruína, tinha um belo aspecto romântico; a ceia, que preparara o caseiro, recendia... Só o padre Ribeiro lhe desagradara, com o seu pigarro, o seu cachaço nédio e a desconfiança com que o observava por cima dos óculos redondos, de aros de tartaruga. Parecia, além disso, tremendamente maçador, e a descrição miúda que lhe fizera da propriedade, e das demandas, e de uma certa questão de águas com um vizinho, e dos foros, e da igreja de S. Lucas, e dos desgostos do Sr. D. Gaspar, e dos consertos feitos na tulha e no espigueiro, quase lhe tornara amargo o delicioso vinho branco da quinta!

E a sua última impressão, antes de adormecer, depois daquele primeiro dia de campo, fora a do horror de um dia de chuva, ali fechado, naquele casarão vazio, só, abandonado, sem defesa contra o padre Ribeiro...

Cedo, de manhã, o caseiro, o excelente Brás, veio bater timidamente à porta do quarto, anunciando a Sua Excelência as oito horas — e o primeiro gesto de José Ernesto foi o de escutar para os lados da janela. Chovia!

Desesperado, José Ernesto saltou do casto leito de pau--preto, destrancou as grossas portadas das janelas — e verificou o desastre. Chovia! Por baixo dos vidros embaciados, verdejava vagamente a copa de um laranjal, que parecia muito fundo, enterrado num vale; depois, eram campos com arvoredos, colinas baixas, uma alvura de casario, tudo esbatido, meio diluído em névoa. E de um céu confuso, todo em flocos moles de nuvens pardas, descia a chuva, lenta, direita, vagarosa, repousada e como estabelecida sobre o Paço de Loures, assim, para toda a eternidade.

— Que maçada! Que estúpida maçada!

E logo tudo em redor lhe pareceu imensamente triste, de um desconforto agreste — aquela cal branca das paredes, o soalho nu, remendado com tábuas mal aplainadas, as três cadeiras de palhinha, hirtas, estreitas, rígidas, que repeliam, e o lavatório com a sua pedra de lousa e a sua baciazinha verde onde mal cabiam as mãos... Não, positivamente não lhe convinha aquele solar de nome sonoro!

E maior ainda foi a sua indignação, quando ouviu o caseiro, de fora da porta, murmurando que o Sr. padre Ribeiro ia dizer missa na capela da casa e só esperavam por Sua Excelência.! Valente descaro, o do Sr. padre Ribeiro! Como sabia ou com que autoridade concluía o Sr. padre Ribeiro, que ele, José Ernesto, fosse católico ou mesmo cristão? Justamente, havia anos que não ouvia missa — desde os primeiros entusiasmos com a mulher do senhorio, quando a farejava através de Lisboa, e todos os domingos, à espera dela, sentia grandes baques de coração, debaixo das acácias, diante da igreja de Santa Isabel!... E agora aquele horrendo maçador entrava assim familiarmente na sua consciência — e impunha-lhe uma missa! Mas que fazer? Era hóspede, não podia escandalizar a devoção simples dos caseiros... E acabou de se vestir, furioso, com bruscos repelões à roupa e longos olhares cheios de amargura àquela chuva que caía, lenta e serena, como que regalada em cair...

Mas quando o caseiro, através das grandes salas quase nuas onde os seus passos eram sonoros, o conduziu à capela, a uma tribuna, à tribuna senhorial, com a sua grade de carvalho e duas velhas almofadas de veludo verde no chão, toda a sua irritação caiu: sentiu mesmo o encanto de presidir assim à devoção dos criados de lavoura, das raparigas do sítio, numa capelinha própria, diante de uma Nossa Senhora que era como uma deusa doméstica, padroeira e amiga da casa. Até o padre Ribeiro lhe pareceu menos horrendo, através do doce sussuro do latim, com a sua velha casula onde o ouro desbotado se esfiava. Duas ou três raparigas que não eram feias, com as suas grandes arrecadas e os seus lenços vistosos, voltaram para a tribuna, ao agacharem-se no chão, uns olhos curiosos e negros. A elevação da hóstia, com o fino tanger da campainha, o lento bater nos peitos, foi muito suave. Uma das almofadas em que ajoelhava tinha umas vagas armas bordadas... E José Ernesto pensou que havia muita beleza na antiga vida de um solar português.

Depois, ao descer do altar com o cálice nas mãos, padre Ribeiro saudou a tribuna, e o hóspede.

— No fundo, não parece mau homem — murmurou José Ernesto.

E foi já com um sorriso amável que o acolheu, quando ele apareceu na sala grande onde se ia servir o almoço. Falaram logo da chuva. Segundo o caseiro, era possível que estiasse, lá para o fim da tarde. Padre Ribeiro, porém, não acreditava. Ali, naquela freguesia de Loures, havia assim umas chuvas, como em nenhuma outra localidade do reino...

— Lembro-me perfeitamente que em 1876...

E foi uma história medonha, que ele desenrolou devagar, com datas, com nomes, com detalhes, pousado à borda da cadeira, imóvel, com as mãos cabeludas nos joelhos, os imensos óculos cravados no hóspede. José Ernesto terminou por não escutar, murmurando apenas ao acaso, com um vago sorriso: "ah, é boa!...". E, enquanto o padre Ribeiro desfiava a sua história, foi examinando a sala, atraído por três velhos retratos que pendiam das paredes, dentro de caixilhos a que a umidade e o tempo iam comendo o dourado. Um deles era o retrato de um rapazito magro, de grande nariz, com uma gola de rendas sobre o gibão preto. O outro parecia um magistrado, pela toga de amplas pregas que o cobria e onde destacava, ainda muito vermelha, a Cruz de Cristo. Mas o que mais interessava José Ernesto, era o terceiro: uma bela rapariga, forte, com um sorriso bondoso que lhe punha duas covinhas nas faces e um bonito colo decotado, que o tempo tornara amarelo, mas que devia ter sido de uma grande brancura. José Ernesto pensou mesmo, sorrindo, que os poetas do tempo decerto a tinham comparado "ao leite e às rosas"... Na mão de dedinhos aguçados sustentava uma rosa e toda ela dava uma vaga impressão de boa criatura, natural, salutar e pacificadora.

— De sorte que — ia contando o padre Ribeiro com as mãos apoiadas aos joelhos — estávamos aqui sem poder partir, e a chuva sem parar, zás, zás... Lembro-me muito bem de que a sra. D. Manuela, que Deus haja, tinha nesse dia uma enxaqueca, e até se encostara nesse mesmo canapé em que Vossa Excelência está sentado. E era um domingo... É curioso, era também um domingo. Foi até o reitor de S. Brás que disse a missa. Já lá vai, coitado... Pois era rijo. Andava nos seus setenta anos e vinha da residência aqui, que é bem uma légua, e uma légua larga, a pé... Tinha ele dito a missa, e estava ali sentado, à janela...

Felizmente, o caseiro apareceu, atarefado, com a moça que trazia uma grande pratada de ovos fritos — e ao puxar a cadeira, atar o guardanapo ao pescoço, limpar bem o copo, aliviar as vias do pigarro e considerar prazenteiramente os ovos, o padre Ribeiro deixou escapar os fios emaranhados da história da sra. D. Manuela e do velho reitor de S. Brás.

À mesa, o digno homem era silencioso. E quando José Ernesto lhe perguntou, apontando para os três quadros, se eram retratos da família, padre Ribeiro deu apenas uma informação curta, rápida, para não espaçar as garfadas. O desembargador, com a Cruz de Cristo, era o sr. Jorge Manuel de Vilhena, que fora diretor das Alfândegas no tempo da sra. D. Maria II; a senhora, era a filha, tia do sr. D. Gaspar; o menino, pertencia a outro ramo — aos Valadares da Guarda.

— Pois era uma bonita mulher, a tia do sr. D. Gaspar! — murmurou José Ernesto, que ficara defronte do retrato e que continuava a interessar-se por aquela face meio desbotada, pequena e fina, tão doce no seu sorriso.

Depois dos ovos, apareceu um frango guisado que José Ernesto achou delicioso. E aquela gostosa cozinha de província que encantaria os amigos de Lisboa quando ele os hospedasse, mais o impacientava contra a chuva teimosa que lhe não permitia visitar a quinta, fazer logo uma ideia das suas vantagens e dos outros prazeres rurais que ali o esperavam.

— Não seria possível, com guarda-chuvas e tamancos, ir ao menos dar uma volta pelo pomar, até o jardim?

Não senhor! Estava tudo encharcado... Nem se podia apreciar a importância dos campos, da lavoura, a vista até Vila Fria.

— Que maçada!

O caseiro encolheu os ombros, foi olhar o céu com melancolia. Padre Ribeiro atacara de novo o frango, em silêncio.

Mas daí a instantes foi outro desastre. Ao tirar a cigarreira, José Ernesto não encontrou um único cigarro, dos que fumava, cigarros turcos com tubo de cartão. E quando foi dentro, procurar à mala uma das caixas de que se fornecera em Lisboa, descobriu com terror, depois de revolver toda a roupa, que o seu criado se esquecera de as emalar! E ali estava, preso pela chuva dentro de um velho casarão, sem esperança e sem tabaco! Felizmente, padre Ribeiro fumava uns horrendos cigarros "Ferreirinhas", que José Ernesto aceitou sucumbido.

Acesos os cigarros, foram percorrer a casa detalhadamente, até as adegas. Mas todo o interesse de José Ernesto, o prazer que ele se prometia de ir fantasiando a sua instalação, as obras a fazer, certos móveis a colocar, foi estragado cruelmente por padre Ribeiro, que em cada quarto parava, lhe narrava a história da casa — e quem ali dormira, e quem ali morrera, e os belos trastes que o ornavam no tempo do pai do sr. D. Gaspar... Debalde José Ernesto queria seguir — ele retinha-o pelo braço com familiaridade:

— Um momento mais... É necessário que veja... Aqui nesta alcova nasceu a sra. D. Maria Joana, a menina mais nova... Há ao canto uma porta de comunicação... Lembro-me até perfeitamente que nessa noite...

E a anedota brotava, espraiada e lenta. Numa das salas José Ernesto teve de escutar, a propósito de um conciliábulo político que ali se celebrara em 48, toda a história da Maria da Fonte. Adiante, em frente de um degrau de pedra que separava dois quartos, foi o relato da queda que ali dera uma sra. D. Mafalda, e das aflições dele, padre Ribeiro, que tivera de ir pelo médico, às dez da noite...

— E chovia! Oh, senhores, pior do que hoje! Imagine Vossa Excelência que estávamos muito sossegados a jogar o gamão, o sr. D. Gaspar e eu...

José Ernesto sorria com uma resignação amarga. A cada instante atirava um olhar através dos vidros... Chovia sempre, caindo a chuva de um céu sujo onde parecia não dever mais reaparecer o azul. As salas desmobiliadas tinham um aspecto mais triste naquela luz cinzenta e úmida... E ansiava por um cigarro — mas no despeito daquela loquacidade que o enervava, não o queria pedir ao padre Ribeiro.

Assim chegaram ao famoso terraço coberto, que era a beleza e o luxo da casa, com os seus artísticos azulejos do século XVIII, e a extensa vista, abrangendo três léguas de campos e povoados, até as serras. Mas a chuva, agora mais forte, tudo esfumava, fundia no seu vasto véu de água e de névoa. O padre Ribeiro, todavia, de braço estendido, indicava os lugares, os solares vizinhos, as aldeias, as dependências da propriedade. Acolá era o sobreiral. Por trás dos sobreiros, além, aquela casa branca era dos Valadares. Depois, não via Sua Excelência o muro? — Era o cemitério da freguesia. Mas José Ernesto já não escutava, sentado num banco, com os braços cruzados. Perdera todo o interesse pela casa, pelos campos, que aquela chuva estúpida e a tagarelice do padre Ribeiro lhe iam tornando bruscamente intoleráveis. E só antevia, se por acaso viesse ali habitar, longos dias melancólicos de chuva e conversas intermináveis e fastidiosas, murmuradas com lentidão! Além disso, aquele casarão enorme, frio, que de noite devia ter ecos sinistros, não lhe convinha — e nem quis visitar o lagar, as adegas. Pretextando cansaço, uma leve dor de cabeça que pedia repouso, abalou para o quarto.

Encontrou lá o caseiro com uma das moças, fazendo a cama.

— Ó sr. Brás, a que horas é amanhã o comboio?

Sua Excelência tinha comboio às duas — mas se chovesse como hoje, Sua Excelência não podia pensar em partir, com as duas horas a cavalo até a estação... — E de carro, não se poderia ir? — Completamente impossível, não havia carro que se metesse àqueles caminhos. O governo há muito que prometera a estrada para a estação. Todos os anos, sobretudo em vésperas de eleições, apareciam os das Obras Públicas. Depois, não voltavam.

— É inacessível, é inóspito, é horrível! — pensava José Ernesto.

Agora só lhe restava pacientar, até que fosse possível a jornada até a Estação.

Se ao menos tivesse um livro, jornais! Terminou por se estirar na cama. Mas o quarto enorme e sem móveis, o grande silêncio, a luz tristonha, aquele cair lento e contínuo da chuva, davam-lhe uma tristeza que lhe tornava insuportável a imobilidade. Saltou dos colchões duros e começou a passear entre os quatro muros caiados, como uma fera na sua jaula. Enfastiado, foi abrir a janela para ao menos ter mais chegada a companhia da chuva: daquele lado, a casa era muito alta, uma muralha lisa, a que se colava uma estreita escadinha de pedra, descendo para um laranjal, muito enterrado lá em baixo, e que parecia, sob a chuva e a névoa, cheio de sombra e de umidade. Sentiu ódio, então, por aquela velha casa e teve, sem razão, um terror absurdo de adoecer ali, repentinamente. Para sacudir aquela ideia, saiu para o salão, mesmo com risco de encontrar o padre Ribeiro: não havia ninguém. E por outras portas que abriu, noutros quartos que atravessou, era a mesma solidão.

Teve então uma saudade pungente da sua casa de Lisboa, do ruído das tipoias, dos vizinhos, das ruas que o levavam, seguras e secas, ao clube, aos amigos, à Avenida. Voltou ao terraço e ali ficou encostado à varanda, vendo tristemente cair a chuva. Mas, estranhamente, a seu pesar, os seus olhos voltavam-se sempre para aquele muro branco que lhe mostrara o padre Ribeiro, o muro do cemitério. Como, àquela distância, o campo dos mortos não se diferenciava, na névoa que tudo envolvia, dos campos de lavoura, parecia ao pobre José Ernesto que o cemitério era imenso — que a quinta estava toda cercada por um cemitério, que a própria casa era um jazigo!... E o morto? Onde estava o morto?... Impacientado com essa ideia absurda, abandonou o terraço, errou de novo pelas salas, reentrou no quarto, recomeçou o seu passeio de fera entre os quatro muros caiados — e não tolerando mais a solidão, nem a falta de tabaco, cedeu por fim, vencido, e foi procurar padre Ribeiro.

Podia, para lhe evitar a loquacidade, propor uma partida de bisca, se houvesse cartas...

Uma criada que arrumava louça na sala, disse-lhe que o sr. padre Ribeiro devia estar no quarto — e José Ernesto foi bater humildemente à porta do sacerdote.

— O sr. padre Ribeiro, tenha paciência, pode-me passar um cigarro?

O padre abriu logo, em mangas de camisa, com a pena na mão. Estava a escrever — mas convidou o hóspede a entrar, e puxando mesmo para a janela uma velha poltrona de couro, abriu a gaveta onde tinha os cigarros.

— Acabe a sua carta, sr. padre Ribeiro...

O outro teve um gesto amável. Estava a escrever por ociosidade. Tinha muito mais gosto em fazer companhia a Sua Excelência. Era uma pena, era uma grande pena aquela chuva, porque se podia ter empregado o dia em visitar a quinta. Se ele ao menos tivesse a planta! Mas não. Estava no cartório, em Vila Fria.

— Há muito que o sr. padre Ribeiro é procurador destes senhores?

— Trinta e três anos. Vi casar o sr. D. Gaspar e vi nascer as três meninas. Eu lhe conto como conheci o sr. D. Gaspar, que é curioso. Tinha eu ido passar o entrudo a Castelo Branco...

E aí brotou outra história torrencial. Mas tão profundo era o tédio e a solidão de José Ernesto, que se interessou logo por aquelas três meninas. Esperou mesmo com paciência, para as conhecer, que o padre Ribeiro chegasse ao fim da sua espalhada narração, desde os longínquos tempos em que o sr. D. Gaspar ainda era solteiro. Por fim, como ele se alastrava muito sobre as virtudes da sra. D. Constança, que Deus houvesse, mulher do sr. D. Gaspar, José Ernesto puxou o padre para os tempos presentes. Desejou saber se o sr. D. Gaspar era velho.

— O sr. D. Gaspar tem, em 18 de setembro, cinquenta e seis anos. Parece mais velho por causa da sua grande barba, toda branca. Mas aquilo é de família: aos quarenta anos começam a embranquecer. A menina mais velha, a sra. D. Maria Augusta, tem até uma madeixazinha branca sobre a testa. E faz vinte e sete anos, em setembro, como o pai. E dá-lhe graça, a madeixa dá-lhe muita graça...

Então, para obter mais detalhes, José Ernesto, de repente, passou as mãos pela face, como no esforço de uma recordação, e declarou que, na realidade, lhe parecia conhecer muito bem o sr. D. Gaspar e as meninas. — Tinham estado em Lisboa, não é verdade?... — Não, nunca tinham ido a Lisboa... — Então devia ser no Porto! — Sim, devia ser; havia dois anos, tinham passado um ou dois meses no Porto.

— Justamente! — exclamou José Ernesto. — Estou muito bem lembrado. No Palácio de Cristal, todas três, com um velho de barbas brancas, alto, forte. E as três senhoras, altas também...

O padre Ribeiro corrigiu. A mais nova, a sra. D. Maria Joana, era alta; as duas outras, porém, eram baixas. Ele tinha as medidas de todas, em centímetros. Não se recordava agora do número exato, mas a Sra. D. Maria Joana era o que se costuma chamar uma senhora alta, uma bela senhora.

— Sim — acudiu José Ernesto. — Havia uma mais alta. E trigueiras todas... Quero dizer, cabelo escuro!

O procurador emendou com enorme gravidade esse erro histórico. Não, não! Então não eram elas! As duas meninas mais velhas, com efeito, tinham o cabelo escuro, como o pai em moço. Mas a sra. D. Maria Joana era loura. Oh, muito loura! Exatamente como a sra. D. Constança. Mesmo mais loura!...

— É uma cor notável! Porque, quer Vossa Excelência creia ou não, o cabelo da sra. D. Maria Joana, ao sol, reluz como ouro! Às vezes, no jardim... O cartório tem janela para o jardim, e a minha banca fica justamente ao pé da janela. Pois, meu caro senhor, às vezes, ela anda no jardim, lá a tratar das suas flores, e quando passa assim entre duas árvores, toca-lhe uma réstia de sol — e ainda que se não deva misturar o sagrado ao profano — eu lembro-me sempre de uma auréola de santa... Ouro! Ouro puro!

E como José Ernesto sorria à ideia de todo aquele ouro aceso pelo sol, entre as rosas, num velho jardim de província, padre Ribeiro acrescentou, como que cedendo a uma verdade forte:

— Justiça seja feita àquela menina, lá pelo que toca a rosto, e feitio, é digna de ser admirada toda a parte. Nesse ponto, não há senão louvar.

E como havia aqui uma reserva, José Ernesto, já curioso, puxou mais a poltrona para o pé do padre Ribeiro e murmurou com familiaridade, um brilho nos olhos:

— Vejo então que a sra. D. Maria Joana não é a sua predileta, Sr. padre Ribeiro.

O sacerdote protestou. Oh, ele gostava de todas igualmente! E como não seria assim, se andara com todas elas ao colo!

— A sra. D. Maria Joana, é verdade, tem lá as suas ideias... Mas é boa menina. É também muito boa menina.

Agora, vivamente interessado, José Ernesto, desejava conhecer "as ideias" da sra. D. Maria Joana — e pedindo outro cigarro ao padre Ribeiro, estranhou que ela e as duas outras não tivessem casado. Mas o loquaz padre Ribeiro teve apenas um "hê, hê!" — discreto e vago. E houve mesmo um silêncio, em que padre Ribeiro, remexendo no tinteiro, deitou um olhar à carta que interrompera.

— Oh, Sr. padre Ribeiro, continue a sua carta! — acudiu discretamente José Ernesto. — Que horas são? Quatro e meia? Eu vou também um bocado para o terraço, tomar ar. Que dia este, hem? Parece dezembro, com semelhante negrura.

Com efeito, havia já uma tristeza de crepúsculo; a chuva caía, mais lenta, mais grossa, com um rumor que parecia desolado, e invernoso, e agreste, naquele declinar da luz. Do terraço, para onde ele fora acabar o cigarro do padre Ribeiro, apenas se via o extenso véu de chuva, que tudo fundia, tudo esfumava numa névoa igual e parda, até as colinas de Vila Fria.

Sentado num banco, ele olhava a chuva, escutava a chuva. E já não se sentia tão só, agora, com aquelas figuras que tinham surgido no meio do seu tédio e que tomavam relevo e realidade — o sr. D. Gaspar com as suas barbas brancas, a sra. D. Maria Joana com os seus cabelos de ouro... Não conhecia ninguém em Lisboa que tivesse assim uns cabelos de ouro... E que ideias seriam essas, que tão evidentemente desagradavam ao padre Ribeiro? Toda aquela família, e os seus hábitos, e os seus negócios, o começava a interessar — e pela primeira vez pensou nos motivos que levariam D. Gaspar a vender o Paço. Dívidas decerto, uma administração de fidalgo, desleixada e confusa. E, todavia, aquele casarão, reparado, com mobílias simples, cretones claros, podia ser uma doce vivenda. Se ele a comprasse havia de ornar toda a varanda do terraço com rosas... Mas a solidão — sobretudo com a chuva!... O campo, na verdade, só é agradável com família, e toda árvore é triste se na sua sombra não brinca uma criança...

Um rumor na porta envidraçada despertou José Ernesto. Era o Brás que vinha saber a que horas Sua Excelência queria o jantar.

— Quando o Sr. padre Ribeiro quiser... Às seis... Eu já tenho apetite...

— Efeitos dos bons ares — considerou o caseiro, sorrindo, com a mão encostada à umbreira da porta. A grande pena era a chuva, por não poder Sua Excelência visitar a propriedade, estender um lindo passeio até o Mieiro, a ver a queda de água... Que a chuvazinha era necessária, com a terrazinha assim tão sedenta... Mas talvez estiasse. E a quinta era digna de se ver...

— O sr. D. Gaspar nunca cá vem? — perguntou José Ernesto.

O sr. D. Gaspar já não vinha ao Paço havia quatro anos. A última vez que por ali aparecera fora de fugida, com a sra. D. Joaninha, durante três dias.

— As meninas não gostam de estar cá no Paço?

O caseiro sorriu. A falar verdade, a casa agora, assim sem trastes, não era muito de convidar. Que a sra. D. Maria Joana, essa não se importava! Era senhora para dormir em cima de uma cadeira... Contanto que tivesse, de manhã cedo, água para chafurdar, estava bem. Nessa ocasião em que estivera no

Paço, até se lhe tinha subido para o quarto uma dorna! E água fria... Era de arrepiar! Mas aquilo era senhora muito forte.

— É uma que é loura, não é verdade? — perguntou ainda José Ernesto.

— Loura como milho... Ah, muito vistosa, muito vistosa! Quando aí esteve, era pelo S. João, houve uma grande fogueira e veio para aí a raparigada dançar... A sra. D. Maria Joana vestiu-se de lavradeira... Parecia um sol!

— Bonita, hem?

O caseiro imaginava que não podia haver outra mais bonita — nem em Lisboa! E alegre! E dada! Que as outras meninas também eram boas meninas... Mas a sra. D. Maria Joana era um sol...

— Que idade tem ela?

— Isso não sei dizer a Vossa Excelência. É novinha, é novinha! Ora, agora avantaja muito, com aquele bonito feitio, e assim forte! Como ela fica muito bem é a cavalo. Aquilo é grande cavaleira.

José Ernesto olhava vagamente, sorrindo. E depois de um silêncio:

— Pois isto por aqui há de ser bonito quando não chover.

— Isto é muito lindo. E o terraço é uma alegria, com a vista toda até Vila Fria. E mesmo a quinta lá para baixo, para o rio... Tudo é muito lindo. Tudo é muito lindo...

— A pena é ser tão longe da estação.

Ora! De verão era até um agradável passeio. Mas quando vinha a inverneira, era longito, era longito... Enfim, a estrada estava traçada — e passava além, ao pé da carvalheira, que Sua Excelência não podia ver... E quem tivesse influência com o governo, arranjava a estrada.

José Ernesto pensou logo em amigos seus de Lisboa, políticos e influentes. E de repente, com outra ideia:

— Quanto tempo se leva daqui a Vilalva?

Para a quinta do sr. D. Gaspar? — Tomava-se o comboio da manhã e parava-se na estação de Quintans; daí era meia hora a cavalo. A casa do sr. D. Gaspar ficava mesmo à entrada da freguesia. Ao todo, umas quatro horas de caminho.

— E é bonita a casa do sr. D. Gaspar?

Oh, a essa não lhe faltava nada. Uma casa nobre, com capela, um belo jardim com um lago e cedros em volta...

Mas vendo que José Ernesto abotoava o jaquetão, o caseiro receou que Sua Excelência apanhasse umidade. Era melhor recolher, tanto mais que caminhava para as seis... E ele ia dar uma volta pela cozinha, a ver como as suas raparigas andavam com o jantarzinho.

José Ernesto, então, voltou ao seu quarto. Como ia escurecendo, acendeu a vela e começou a passear, bocejando, numa indecisão que o tomara de repente sobre a sua volta a Lisboa. Era estúpido, decerto, ficar ali enterrado naquele casarão, à espera de um bocado de céu limpo e seco que o deixasse visitar a quinta e arredores. Mas também, partir para Lisboa, depois daquela imensa jornada que assim lhe ficava inútil, sem sequer ter dado uma volta pelo campo, feito uma ideia da quinta, talvez excelente, e realizando bem o seu sonho antigo? Era absurdo. Além disso, a ideia da volta a Lisboa, tão rápida, já o enfastiava, antevendo a Avenida cheia de pó, o clube à noite com os rapazes a bocejar pelas poltronas, e o seu senhorio, risonho, de lunetas azuis, aparecendo-lhe de manhã para o abraçar e "almoçar sem cerimônia"... E ao mesmo tempo, ia sentindo, apesar daquela infelicidade da chuva, uma vaga atração pela aldeia, e o silêncio rural, e a cozinha gostosa, e essas festas alegres e simples, com fogueiras, em que as fidalgas se vestem de camponesas... Para a sua saúde mesmo, convinha-lhe passar umas semanas no verde, como um cavalo cansado. E enfim, que diabo! A compra de uma propriedade que lhe custava dez ou doze contos não se podia fazer assim atabalhoadamente, em horas, sem um exame das terras, uma boa experiência da sua compatibilidade com o campo e mesmo uma conferência com o sr. D. Gaspar, para ressalvar bem os seus interesses. Na verdade, o sr. D. Gaspar é quem devia ter vindo ao Paço: — "Vossa Excelência. — dizia o procurador — vê, examina, e depois entende-se por carta com o sr. D. Gaspar!". — Não! Cartas nunca definem bem negócios. É indispensável, quando se trata de doze contos, cavaquear, repisar, combinar... Evidentemente, devia ver o sr. D. Gaspar...

Foi quando ele ruminava essa nova ideia que o padre Ribeiro lhe veio bater à porta do quarto, perguntando se Sua Excelência estava pronto para o jantarzinho.

— Entre, sr. padre Ribeiro, pode entrar! — exclamou ele.

Padre Ribeiro vinha esfregando devagar as mãos e declarou que o tempo tinha arrefecido.

— Ou será — acrescentou rindo — que o estômago esteja pedindo o calorzinho das sopas.

— Pois a elas, Sr. padre Ribeiro, a elas!

Mas o procurador espalhava um olhar pelo imenso quarto, onde o leito, com a coberta branca, mal alumiado pela luzinha da vela, parecia perdido na vastidão do soalho e do teto negro! Sua Excelência não tinha ficado muito bem acomodado, não! Mas assim de repente, com a casa desmobiliada, e longe da cidade...

— Estou perfeitamente — acudiu José Ernesto. E com sinceridade: — Pelo contrário. Até me soube bem esta largueza... A gente, em Lisboa, naqueles cubículos, morre sufocada.

Padre Ribeiro sorriu com amizade:

— Pois então é vir para cá, para a província... Olhe, largueza tem. E bons ares. E o que se come é são. Está claro, não há regalos da corte, nem os teatros, e essas sociedades de que os jornais falam...

E como José Ernesto encolhia os ombros, rindo, no desdém e no cansaço desses regalos, padre Ribeiro deu com inteira franqueza a sua opinião sobre as cidades:

— Cidades, meu caro senhor, são pedreiras! Muita pedra, muita parede. E gente demais, anda-se aos encontrões, tudo são cerimônias, não há a rica liberdade! Eu lembro-me muito bem, quando vivia em Lamego... Lamego tem recursos... Pois hoje ninguém me pilhava em Lamego! Olhe, sabe o que não cansa? É uma pessoa abrir pela manhã a sua janela e respirar o cheiro da verdurinha, e ouvir a passarinhada, e descer em chinelos para debaixo das sombras, e estar ali muito quieto, com Deus... hoje ninguém me pilhava em Lamego...

— Também, o sr. padre Ribeiro, agora, está afeiçoado ao sr. D. Gaspar, às meninas...

Mas o caseiro entreabriu a porta, anunciando a sopa. E quando entrou na sala, José Ernesto teve uma sensação de conforto e de apetite, diante da pequena mesa, nessa noite mais bem alumiada, com a toalha muito branca, o prato de azeitonas lustrosas, as duas canecas onde o vinho ainda tinha espuma. A sua cadeira era a de braços; a chuva fora cantava mais pesada; a sopa recendia.

E terminou por esfregar também as mãos, e exclamar, rindo:

— Agora, neste momento, é que não importa a chuva. Até sabe bem ouvi-la cair lá fora.

E o caseiro, com um brilho nos olhos:

— E a terrazinha vai bebendo, que bem o necessitava.

E todos três sorriam, contentes.

O jantar estava delicioso, de um sabor cheio de relevo, com o cheiro gostoso de petiscos do campo — e José Ernesto, enchendo o copo, pensava que um rosto, uns cabelos de mulher, ali, na luz, entre as louças claras, tornariam encantadora aquela sala, mesmo assim nua e sem conforto, com a chuva a cantar no laranjal.

— Esta casa deve ser antiga — considerou ele, desafiando agora, com prazer, a loquacidade do padre Ribeiro.

O procurador acudiu logo, contando que existia no cartório um velho pergaminho, relativo a uma compra de terras para o lado do rio, que tinha a data de 1412.

— É bonito! — murmurou José Ernesto com respeito.
— Começo do século XV. Ainda existia o Império Romano do Ocidente.

E isso foi motivo para que o sr. padre desenrolasse a genealogia do sr. D. Gaspar. Ela era ilustre. Mergulhava as suas raízes vetustas nas invasões godas, lançava ramos poderosos por todos os reinos da Espanha e através dela se entreviam armaduras de heróis e auréolas de santos. O sr. D. Gaspar era o décimo sexto senhor das Quelhas. Um outro D. Gaspar antigo trouxera o estandarte real na batalha das Navas de Tolosa...

José Ernesto que escutara, muito interessado, terminou por dizer, deitando a cabeça para as costas da cadeira e passando a mão pelos cabelos:

— É ainda uma boa coisa, um bom sangue...

— Pois melhor do que esse, meu caro senhor, não o há no reino. E olhe que a raça, apesar de velha, é forte. O sr. D. Gaspar, há dois ou três anos ainda vergava um cano de espingarda! E nunca vi entrar o médico naquela casa.

José Ernesto exclamou, quase entusiasmado:

— Isso é tudo! A saúde é o essencial numa família, numa raça. Aquelas mulheres, em Lisboa, parece que se desfazem, que se andam a dessorar. Se ao menos aquela fraqueza fosse compensada pelo requinte, o afinamento da natureza... Mas qual! São doentinhas e tolinhas!

Estava realmente excitado, e o procurador sorria, satisfeito, remexendo a salada. Sim, as senhoras de Lisboa eram enfezadinhas... Más comidas, más águas!

O caseiro, que entrava com uma garrafa especial de vinho do Abade de Carmelinde, anunciou que a chuva tinha parado: havia mesmo um bocado de céu limpo. Então foi uma grande esperança — e o delicioso vinho do Abade foi bebido entre planos para a visita à quinta e aos arredores, no dia seguinte, logo de manhã cedo. Mas o caseiro e o sacerdote não concordavam — um queria que se fosse direto ao Mieiro e se entrasse pelos carvalhos, de modo que Sua Excelência fizesse primeiramente uma ideia de toda a freguesia — o outro preferia que Sua Excelência visitasse primeiro a quinta, a começar pelo campo da Costa, e fossem depois ao cerejal, onde tinham os cavalicoques, para irem dar o lindo passeio até S. Brás. Ambos, porém, asseguravam a Sua Excelência que havia tempo de visitar tudo e tomar o comboio das seis horas para o Porto.

José Ernesto, porém, não respondia, torcendo o bigode. Aquela partida para o Porto, e daí para Lisboa, que o separava por uns poucos de meses do Paço, mesmo quando se decidisse a comprá-lo, pareceu-lhe de repente brusca e desagradável. Era como se subitamente o arrancassem de ao pé de "não sei quê" de vago e ao mesmo tempo real, que o estava interessando e acordando a sua curiosidade. Necessitava realmente estudar, conhecer melhor aquela região. Gostaria de se demorar, vaguear uma semana por aqueles arvoredos e vales.

Depois de um silêncio, de repente, perguntou se não havia um hotel em Vila Fria. O padre Ribeiro e o caseiro sorriram:

— Em Vila fria, um hotel? Nem um catre para um trabalhador!

Então, José Ernesto, que acabara o café, foi à janela. Com efeito, não havia rumor de chuva benéfica. Os campos repousavam sob a paz da noite, saciados e mudos.

Acabando o cigarro, foi sentar-se no canapé de palhinha — e o serão começou por um longo silêncio entre ele e o procurador, que ficara na sua cadeira, com os cotovelos encostados à mesa, num repouso e sonolência de digestão que lhe cerrava irresistivelmente as pálpebras grossas.

— Se houvesse um baralho — disse, por fim, José Ernesto — podíamos jogar uma bisca.

O procurador abriu os olhos; sorriu, fez: "hê, hê!" — e de novo as pálpebras lhe descaíram, pesadas e dormentes. E José Ernesto terminou por se estirar no canapé, pensando com tédio na sua volta a Lisboa. A sua vida na capital, agora que a via, assim de longe, dentre aquele silêncio de aldeia, no seu conjunto, parecia-lhe intoleravelmente vazia e estéril. Que era ele? Um cavalheiro com uma boa fortuna em inscrições e prédios. Um dia em cada trimestre recebia a sua renda do Estado e dos inquilinos, e todos os outros trezentos e sessenta e um dias os passava gastando essa renda, em comer, em passear, em atos de instinto, exatamente como os do seu cão! Atos de inteligência, de uma humanidade superior, não passavam de algum livro folheado à noite, para adormecer, de um bocado de blefe no clube, de uma ou outra contradança no Inverno, e de parar, no Chiado, diante de algum amigo para murmurar com tédio: "Que há de novo?". Não era realmente uma existência humana! E era sobretudo de uma tão grande solidão!... Amigos, parceiros, as damas que contradançavam, eram na verdade para ele como sombras, meras aparências — e quando por acaso se constipava e tinha de ficar em casa, todas essas sombras se dissipavam e para ele deixavam de existir o mundo e a sociabilidade humana. Decerto, podia casar: tinha de casar, como todos os homens... Mas com quem? Ele exigia tanto numa mulher — a beleza!

A alegria! A saúde! A bondade! A simplicidade!... E depois, ainda, princípios sólidos, para que o seu lar fosse honrado! E depois, ainda, uma raça antiga, porque "no fundo, é uma boa condição!...". Onde estava, por acaso, essa maravilha?

Padre Ribeiro, que havia instantes ressonava, teve um ronco tão forte que despertou. E endireitando-se na cadeira, pedindo desculpas a Sua Excelência, o seu primeiro cuidado foi ir à janela ver se chovia. Não, com efeito o céu limpara, prometia um dia claro. De modo que o que lhe parecia razoável, visto terem a esperança de madrugar e de visitar a freguesia, era retirarem aos lençóis... E ele mesmo arranjou a vela de José Ernesto, que acompanhou, ainda estremunhado e bocejando, até a porta do quarto.

— O sr. padre Ribeiro, lá na Vilalva — dizia José Ernesto pelo corredor — deita-se cedo, deitam-se todos cedo...

Sim, com efeito, em Vilalva, aí pelas dez, estava tudo recolhido. Só a sra. D. Maria Joana é que tresnoitava.

— Passa às vezes da uma hora da noite e ainda está na sala, sozinha, a ler! E a casa toda apagada. E não tem medo! Enfim, cada pessoa tem lá os seus hábitos e as suas ideias.

Estavam à porta do quarto, ambos com os castiçais na mão — e então José Ernesto, rindo, e com imensa familiaridade, acusou padre Ribeiro de pouca predileção pela sra. D. Maria Joana.

O procurador arregalou os olhos, quase ofendido:

— Ora essa! Isso seria ingratidão! Ih, Jesus! Sou tão amigo dela como das outras meninas...

José Ernesto ria, gracejava:

— Isso é brincadeira, Sr. padre Ribeiro! Mas como tem falado já das ideias da sra. D. Maria Joana como se fosse singulares...

Padre Ribeiro concordou que nem sempre apoiava as ideias da sra. D. Maria Joana:

— Olhe, por exemplo, divergimos em política...

— Em política?

— Eu lhe digo... A sra. D. Maria Joana tem ideias muito livres. Chega a ser republicana!... Para ela, todos são iguais! Não há nem fidalguia nem povo. Eu também sou liberal, mas enfim, há hierarquias. E Vossa Excelência., por exemplo, não aperta a mão ao seu criado...

— Nem a sra. D. Maria Joana!...

— Muito capaz disso, meu caro senhor, muito capaz disso!

— Mas enfim, não casaria com o criado! — exclamou José Ernesto, rindo sempre, com o mais vivo interesse por aquelas confidências.

Padre Ribeiro encolheu os ombros: nem ele sabia se ela não casaria com o criado!

— Acredite Vossa Excelência que não sei. Muito capaz disso! Quero dizer, não casa porque o criado não chegaria lá às alturas que ela fantasia. Mas se chegasse!... Olhe que já perdeu dois casamentos soberbos. Então o último, com o fidalgo da Avelã, lá nosso vizinho, nem se compreende! Um bonito rapaz, com belas propriedades! Mas então, não o achava esperto. Declarou ao pai que o rapaz era um sensaborão, e nada! Está claro, o fidalgo da Avelã não é homem de livros. Mas eu não sei por quem ela espera!

Tornou a encolher os ombros:

— Enfim, tem lá as suas ideias, mas é uma perfeição de menina, e Deus há de fazê-la feliz. Não será por falta de eu lho pedir!... E aqui ficamos de palestra, com os castiçais na mão. Tenha Vossa Excelência muito boas noites. Às seis cá o mando acordar.

José Ernesto entrou no quarto, foi pôr devagar o castiçal sobre a mesa e ficou encostado à beira da cama, perdido em pensamentos vagos, com os olhos na luz. A solidão da sua existência voltava de novo a aparecer-lhe, muito nítida, com uma forma quase material, como um grande descampado onde era sempre crepúsculo. E ao mesmo tempo sentia um desejo vago de ficar ali, muito tempo, naquela aldeia onde todavia a solidão lhe seria mais profunda e real. Quando se deitou, suspirava, sem razão, com um vago enternecimento. E antes de adormecer, na escuridão do quarto, via passar, fugir, o brilho de uns cabelos de ouro que corriam num jardim.

Às sete horas, o caseiro bateu à porta do quarto. José Ernesto gritou de dentro, estremunhado:

— Então?

— Saiba Vossa excelência que está chovendo, e a valer...

José Ernesto escutou. A chuva caía, despenhada sobre o Paço!

Quando José Ernesto daí a pouco apareceu na sala, padre Ribeiro que esperava, plantado tristemente à janela, abriu os braços, desolado:

— E então que me diz Vossa Excelência a esta infelicidade? Em fins de abril!

José Ernesto hesitou um instante, com um leve rubor na face; depois, olhando também o céu fusco, as longas cordas de água:

— Tenho estado a pensar, Sr. padre Ribeiro, e eis o que me parece mais razoável. Esse tempo não melhora. Eu também não posso voltar para Lisboa sem ter visto a propriedade e tomado uma resolução. Mas como já aqui estou e a jornada a Vilalva não é grande, acho que o mais razoável é ir durante estes dias de chuva conversar diretamente com o sr. D. Gaspar, porque a gente por cartas nunca se entende; assentamos bem as nossas condições, e depois, em aliviando o tempo, volto por aqui, e visito a propriedade e o sítio com o amigo Brás. Que lhe parece?

O padre Ribeiro esfregava as mãos lentamente:

— Acho muito bem... Acho muito bem! O sr. D. Gaspar há de estimar muito... Eu não posso oferecer a casa, que não é minha, mas Vossa Excelência., na tia Rita, está perfeitamente. Eu falo com ela... Eu tinha hoje aí o carro para voltar... Acho muito bem.

— Podemos partir depois do almoço.

— Como Vossa Excelência quiser. O sr. D. Gaspar há de ter muito gosto. Estamos lá por volta das quatro horas. Acho muito bem.

José Ernesto voltou logo ao quarto, cantarolando, a arrumar a maleta. Depois, foi percorrer com o padre, outra vez, o Paço todo, até adega. Mas agora já se detinha nas salas, estudando consertos, tabiques que deitaria abaixo — fez mesmo planos de mobílias. Quando vieram almoçar, era como se ele fosse já o dono do Paço, e declarou mesmo que faria ali a sala de jantar.

Ao meio-dia a chuva cessou; e imediatamente o Brás propôs uma visita, pelo menos até o rio, pela avenida dos carvalhos. Mas José Ernesto recusou — não valia a pena encharcarem-se até os joelhos, receber talvez uma impressão desfavorável, quando daí a dois dias ele viria fazer então a visita completa e repousada. De resto, o cocheiro, já no pátio, instava para que marchassem para aproveitar a aberta.

José Ernesto, alegre e ligeiro, levou ele mesmo, apesar das exclamações do caseiro, a sua maleta para o carro. Então o Brás pediu que esperassem um instante: queria ir buscar umas poucas de rosas, de uma bela roseira, de ao pé do tanque, que o Sr. padre Ribeiro levaria às meninas. O ramo foi acomodado dentro de um cesto — e José Ernesto tirou uma pequena rosa que pôs ao peito.

Depois, ao largar a traquitana pela grande estrada, que ali subia toda em encostas, José Ernesto perguntou:

— Como é o nome todo do sr. D. Gaspar?

— D. Gaspar Maria Alcoforado Teles de Meneses.

A chuva cessara de todo: havia uma nesga de céu azul.

Quando a carruagem ia entrando na Vilalva, ao passar no Cruzeiro, padre Ribeiro teve um sobressalto, debruçou-se na portinhola, gritando ao cocheiro que parasse.

— São as meninas! É o sr. D. Gaspar!

E com efeito, junto ao Cruzeiro, ia caminhando um homem alto, de grandes barbas e chapéu desabado, com uma senhora envolvida numa capa de borracha. O padre Ribeiro saltou do carro — e ali mesmo, na estrada, fez a apresentação do hóspede. E pelos magníficos cabelos louros, José Ernesto reconheceu a sra. D. Maria Joana! Era alta, de um branco saudável e doce, com belos olhos verdes, finos e meigos.

Padre Ribeiro mostrou logo o cesto de flores. Ela tirou uma rosa que prendeu no botão do casaco. José Ernesto ia já conversando com o sr. D. Gaspar, caminhando a pé para a tia Rita, que era logo adiante do Cruzeiro, nas primeiras casas da vila. Depois, quando ela se acercou, o velho afastou-se para dar uma ordem ao cocheiro. Maria Joana e José Ernesto ficaram um momento sós na estrada.

Tinham ambos, ao peito, rosas da mesma roseira...
Seis meses depois casavam, na capela do solar de Vilalva, por uma manhã também de grande chuva.

Conto 7

O suave milagre

Nesse tempo Jesus ainda se não afastara da Galileia e das doces, luminosas margens do Lago de Tiberíade — mas a nova dos seus milagres penetrara já até Enganim, cidade rica, de muralhas fortes, entre olivais e vinhedos, no país de Issacar.

Uma tarde, um homem de olhos ardentes e deslumbrados passou no fresco vale, e anunciou que um novo Profeta, um Rabi formoso, percorria os campos e as aldeias da Galileia, predizendo a chegada do reino de Deus, curando todos os males humanos. E enquanto descansava, sentado à beira da Fonte dos Vergéis, contou ainda que esse Rabi, na estrada de Magdala, sarara da lepra o servo de um decurião romano, só com estender sobre ele a sombra das suas mãos; e que noutra manhã, atravessando numa barca para a terra dos Gerassênios, onde começava a colheita do bálsamo, ressuscitara a filha de Jairo, homem considerável e douto que comentava os livros na sinagoga. E como em redor, assombrados, seareiros, pastores, e as mulheres trigueiras com a bilha no ombro, lhe perguntassem se esse era, em verdade, o messias de Judeia, e se diante dele refulgia a espada de fogo, e se o ladeavam, caminhando como as sombras de duas torres, as sombras de Gogue e de Magogue — o homem, sem mesmo beber daquela água tão fria de que bebera Josué, apanhou o cajado, sacudiu os cabelos, e meteu pensativamente por sob o Aqueduto, logo sumido na espessura das amendoeiras em flor. Mas uma esperança, deliciosa como o orvalho nos meses em que canta a cigarra, refrescou as almas simples; logo, por toda a campina que verdeja até Ascalon, o arado pareceu mais brando de enterrar, mais leve de mover a pedra do lagar; as crianças, colhendo ramos de anêmonas, espreitavam pelos caminhos se além da esquina do muro, ou sob o sicômoro, não surgiria uma claridade; e nos bancos de pedra, às portas da cidade, os velhos, correndo os dedos pelos fios das barbas, já não desenrolavam, com tão sapiente certeza, os ditames antigos.

Ora, então vivia em Enganim um velho, por nome Obed de uma família pontifical de Samaria, que sacrificara nas aras do Monte Ebal, senhor de fartos rebanhos e de fartas vinhas — e com o coração tão cheio de orgulho como o seu celeiro de trigo. Mas um vento árido e abrasado; esse vento de desolação que ao mando do Senhor sopra das torvas terras de Assur, matara as reses mais gordas das suas manadas, e pelas encostas onde as suas vinhas se enroscavam ao olmo, e se estiravam na latada airosa, só deixara, em torno dos olmos e pilares despidos, sarmentos, cepas mirradas, e a parra roída de crespa ferrugem. E Obed, agachado à soleira da sua porta, com a ponta do manto sobre a face, palpava a poeira, lamentava a velhice, ruminava queixumes contra Deus cruel.

Apenas ouvira falar desse novo Rabi da Galileia, que alimentava as multidões, amedrontava os demônios, emendava todas as desventuras — Obed, homem lido, que viajara na Fenícia, logo pensou que Jesus seria um desses feiticeiros, tão costumados na Palestina, como Apolônio, ou Rabi Ben-Dossa, ou Simão, o Sutil. Esses, mesmo nas noites tenebrosas, conversam com as estrelas, para eles sempre claras e fáceis nos seus segredos; com uma vara afugentam de sobre as searas os moscardos gerados nos lodos do Egito; e agarram entre os dedos as sombras das árvores, que conduzem, como toldos benéficos, para cima das eiras, à hora da sesta. Jesus da Galileia, mais novo, com magias mais viçosas decerto, se ele largamente o pagasse, sustaria a mortandade dos seus gados, reverdeceria os seus vinhedos. Então Obed ordenou aos seus servos que partissem, procurassem por toda a Galileia o Rabi novo, e com promessa de dinheiros ou alfaias o trouxessem a Enganim, no país de Issacar.

Os servos apertaram os cinturões de couro — e largaram pela estrada das caravanas, que, costeando o lago, se estende até Damasco. Uma tarde, avistaram sobre o poente, vermelho como uma romã muito madura, as neves finas do monte Hermon.

Depois, na frescura de uma manhã macia, o Lago de Tiberíade resplandeceu diante deles, transparente, coberto de silêncio, mais azul que o céu, todo orlado de prados floridos, de densos vergéis, de rochas de pórfiro, e de alvos terraços por entre os palmares, sob o voo das rolas. Um pescador que desamarrava preguiçosamente a sua barca de uma ponta de relva, assombreada de aloendros, escutou, sorrindo, os servos. O Rabi de Nazaré? Oh! Desde o mês de Ijar, o Rabi descera, com os seus discípulos, para os lados para onde o Jordão leva as águas.

Os servos, correndo, seguiram pelas margens do rio, até adiante do vau, onde ele se estira num largo remanso, e descansa, e um instante dorme, imóvel e verde, à sombra dos tamarindos. Um homem da tribo dos Essênios, todo vestido de linho branco, apanhava lentamente ervas salutares, pela beira da água, com um cordeirinho branco ao colo. Os servos humildemente saudaram-no, porque o povo ama aqueles homens de coração tão limpo, e claro, e cândido como as suas vestes cada manhã lavadas em tanques purificados. E sabia ele da passagem do novo Rabi da Galileia que, como os Essênios, ensinava a doçura, e curava as gentes e os gados? O Essênio murmurou que o Rabi atravessara o oásis de Engadi, depois se adiantara para além... — Mas onde, "além"? — Movendo um ramo de flores roxas que colhera, o Essênio mostrou as terras de além-jordão, a planície de Moabe. Os servos vadearam o rio — e debalde procuraram Jesus, arquejando pelos rudes trilhos, até as fragas onde se ergue a cidadela sinistra de Makaur... No Poço de Jacó repousava uma larga caravana que conduzia para o Egito mirra, especiarias e bálsamos de Gileade: e os cameleiros, tirando a água com os baldes de couro, contaram aos servos de Obed que em Gadara, pela lua nova, um Rabi maravilhoso, maior que Davi ou Isaías, arrancara sete demônios do peito de uma tecedeira, e que, à sua voz, um homem degolado pelo salteador Barrabás, se erguera da sua sepultura e recolhera ao seu horto. Os servos, esperançados, subiram logo açodadamente pelo caminho dos peregrinos até Gadara, cidade de altas torres, e ainda mais longe até as nascentes de Amalha... Mas Jesus, nessa madrugada, seguido por um povo que cantava e sacudia ramos de mimosa, embarcara no lago, num batel de pesca, e à vela navegara para Magdala. E os servos de Obed, descorçoados, de novo passaram o Jordão na Ponte das Filhas de Jacó. Um dia, já com as sandálias rotas dos longos caminhos, pisando já as terras da Judeia romana, cruzaram um fariseu sombrio, que recolhia a Efraim, montado na sua mula. Com devota reverência detiveram o homem da Lei. Encontrara ele, por acaso, esse Profeta novo da Galileia que, como um deus passeando na terra, semeava milagres? A adunca face do fariseu escureceu enrugada — e a sua cólera retumbou como um tambor orgulhoso:

— Oh, escravos pagãos! Oh, blasfemos! Onde ouvistes que existissem profetas ou milagres fora de Jerusalém? Só Jeová tem força no seu Templo. De Galileia surdem os néscios e os impostores...

E como os servos recuavam ante o seu punho erguido, todo enrodilhado de dísticos sagrados — o furioso Doutor saltou da mula, e, com as pedras da estrada, apedrejou os servos de Obed, uivando: "Raca! Raca!" — e todos os anátemas rituais. Os servos fugiram para Enganim. E grande foi a desconsolação de Obed, porque os seus gados morriam, as suas vinhas secavam — e todavia, radiantemente, como uma alvorada por detrás de serras, crescia, consoladora e cheia de promessas divinas, a fama de Jesus da Galileia.

Por esse tempo, um centurião romano, Públio Sétimo, comandava o forte que domina o vale de Cesareia, até a cidade e o mar. Públio, homem áspero, veterano da campanha de Tibério contra os partas, enriquecera durante a revolta de Samaria com presas e saques; possuía minas na Ática, e gozava, como favor supremo dos deuses, a amizade de Flaco, legado imperial da Síria. Mas uma dor roía a sua prosperidade muito poderosa, como um verme rói um fruto muito suculento. Sua filha única, para ele mais amada que vida e bens, definhava com um mal sutil e lento, estranho, mesmo ao saber dos esculápios e mágicos que ele mandara consultar a Sídon e a Tiro. Branca e triste como a lua num cemitério, sem um queixume, sorrindo palidamente a seu pai, definhava, sentada na alta esplanada do forte, sob um velário, alongando saudosamente os negros olhos tristes pelo azul do mar de Tiro, por onde ela navegara da Itália, numa opulenta galera. Ao seu lado, por vezes, um legionário, entre as ameias, apontava vagarosamente ao alto a flecha, e varava uma grande águia, voando de asa serena, no céu rutilante. A filha de Sétimo seguia um momento a ave torneando até bater morta sobre as rochas — depois, com um suspiro, mais triste e mais pálida, recomeçava a olhar para o mar.

Então Sétimo, ouvindo contar a mercadores de Corazim desse Rabi admirável, tão potente sobre os Espíritos, que sarava os males tenebrosos da alma, destacou três decúrias de soldados para que o procurassem pela Galileia, e por todas as cidades da Decápola, até a costa e até Ascalon. Os soldados enfiaram os escudos nos sacos de lona, espetaram nos elmos ramos de oliveira — e as suas sandálias ferradas apressadamente se afastaram, ressoando sobre as lajes de basalto da estrada romana, que desde Cesareia até o lago corta toda a tetrarquia de Herodes. As suas armas, de noite, brilhavam no topo das colinas, por entre a chama ondeante dos archotes erguidos. De dia invadiam os casais, rebuscavam a espessura dos pomares, esfuracavam com a ponta das lanças a palha das medas; e as mulheres, assustadas, para os amansar, logo acudiam com bolos de mel, figos novos e malgas cheias de vinho, que eles bebiam de um trago, sentados à sombra dos sicômoros. Assim correram a Baixa Galileia — e, do Rabi, só encontraram o sulco luminoso nos corações. Enfastiados com as inúteis marchas, desconfiando que os judeus sonegassem o seu feiticeiro para que romanos não aproveitassem do superior feitiço, derramavam com tumulto a sua cólera, através da piedosa terra submissa. À entrada das pontes detinham os peregrinos, gritando o nome do Rabi, rasgando os véus às virgens; e, à hora em que os cântaros se enchem nas cisternas, invadiam as ruas estreitas dos burgos, penetravam nas sinagogas e batiam sacrilegamente com os punhos das espadas nas *Thebahs*, os Santos Armários de cedro que continham os Livros Sagrados. Nas cercanias de Hebron arrastaram os Solitários pelas barbas para fora das grutas, para lhes arrancar o nome do deserto ou do palmar em que se ocultava o Rabi — e dois mercadores fenícios que vinham de Jope com uma carga de malóbatro, e a quem nunca chegara o nome de Jesus, pagaram por esse delito cem dracmas a cada decurião. Já a gente dos campos, mesmo os bravios pastores de Idumeia, que levam as reses brancas para o Templo, fugiam espavoridos para as serranias, apenas luziam, nalguma volta do caminho, as armas do bando violento. E da beira dos eirados, as velhas sacudiam como taleigos a ponta dos cabelos desgrenhados, e arrojavam sobre eles as Más Sortes, invocando a vingança de Elias. Assim, tumultuosamente, erraram até Ascalon; não encontraram Jesus; e retrocederam ao longo da costa, enterrando as sandálias nas areias ardentes.

Uma madrugada, perto de Cesareia, marchando num vale, avistaram sobre um outeiro um verde-negro bosque de loureiros, onde alvejava, recolhidamente, o fino e claro pórtico de um templo. Um velho, de compridas barbas brancas, coroado de folhas de louro, vestido com uma túnica cor de açafrão, segurando uma curta lira de três cordas, esperava gravemente, sobre os degraus de mármore, a aparição do sol. Debaixo, agitando um ramo de oliveira, os soldados bradaram pelo Sacerdote. Conhecia ele um novo Profeta que surgira na Galileia, e tão destro em milagres que ressuscitava os mortos e mudava a água em vinho? Serenamente, alargando os braços, o sereno velho exclamou por sobre a rociada verdura do vale:

— Oh, romanos! Pois acreditais que em Galileia ou Judeia apareçam profetas consumando milagres? Como pode um bárbaro alterar a Ordem instituída por Zeus?... Mágicos e feiticeiros são vendilhões, que murmuram palavras ocas para arrebatar a espórtula dos simples... Sem a permissão dos Imortais nem um galho seco pode tombar da árvore, nem seca folha pode ser sacudida na árvore. Não há profetas, não há milagres... Só Apolo Délfico conhece o segredo das coisas!

Então, devagar, com a cabeça derrubada, como numa tarde de derrota, os soldados recolheram à fortaleza de Cesareia. E grande foi o desespero de Sétimo, porque sua filha morria, sem um queixume, olhando o mar de Tiro — e todavia a fama de Jesus, curador dos lânguidos males, crescia, sempre mais consoladora e fresca, como a aragem da tarde que sopra do Hermon e, através dos hortos, reanima e levanta as açucenas pendidas.

Ora, entre Enganim e Cesareia, num casebre desgarrado, sumido na prega de um cerro, vivia a esse tempo uma viúva, mais desgraçada mulher que todas as mulheres de Israel. O seu filhinho único, todo aleijado, passara do magro peito a que ela o criara para os farrapos da enxerga apodrecida, onde jazera, sete anos passados, mirrando e gemendo. Também a ela a doença a engelhara dentro dos trapos nunca mudados, mais escura e torcida que uma cepa arrancada. E, sobre ambos, espessamente a miséria cresceu como o bolor sobre cacos perdidos num ermo. Até na lâmpada de barro vermelho secara há muito o azeite. Dentro da arca pintada não restava grão ou côdea. No estio, sem pasto, a cabra morrera. Depois, no quinteiro, secara a figueira. Tão longe do povoado, nunca esmola de pão ou mel entreava o portal. E só ervas apanhadas nas fendas das rochas, cozidas sem sal, nutriam aquelas criaturas de Deus na Terra Escolhida, onde até às aves maléficas sobrava o sustento!

Um dia, um mendigo entrou no casebre, repartiu do seu farnel com a mãe amargurada, e um momento sentado na pedra da lareira, coçando as feridas das pernas, contou dessa grande esperança dos tristes, esse Rabi que aparecera na Galileia, e de um pão no mesmo cesto fazia sete, e amava todas as criancinhas, e enxugava todos os prantos, e prometia aos pobres um grande e luminoso reino, de abundância maior que a corte de Salomão. A mulher escutava com olhos famintos. E esse doce Rabi, esperança dos tristes, onde se encontrava? O mendigo suspirou. Ah, esse doce Rabi, quantos o desejavam, que se desesperançavam! A sua fama andava por sobre toda a Judeia, como o sol que até por qualquer velho muro se estende e se goza; mas para enxergar a claridade do seu rosto, só aqueles ditosos que o seu desejo escolhia. Obed, tão rico, mandara os seus servos por toda a Galileia para que procurassem Jesus, o chamassem com promessas a Enganim; Sétimo, tão soberano, destacara os seus soldados até a costa do mar, para que buscassem Jesus, o conduzissem, por seu mando, a Cesareia. Errando, esmolando por tantas estradas, ele topara os servos de Obed, depois os legionários de Sétimo. E todos voltavam, como derrotados, com as sandálias rotas, sem ter descoberto em que mata ou cidade, em que toca ou palácio, se escondia Jesus.

A tarde caía. O mendigo apanhou o seu bordão, desceu pelo duro trilho, entre a urze e a rocha. A mãe retomou o seu canto, mais vergada, mais abandonada. E então o filhinho, num murmúrio mais débil que o roçar de uma asa, pediu à mãe que lhe trouxesse esse Rabi, que amava as criancinhas ainda as mais pobres, sarava os males ainda os mais antigos. A mãe apertou a cabeça esguedelhada:

— Oh, filho! E como queres que te deixe e me meta aos caminhos, à procura do Rabi da Galileia? Obed é rico, tem servos, e debalde buscaram Jesus, por areais e colinas, desde Corazim até o país de Moabe. Sétimo é forte tem soldados, e debalde correram por Jesus, desde o Hebron até o mar! Como queres que te deixe? Jesus anda por muito longe e a nossa dor mora conosco, dentro destas paredes, que aqui dentro nos prende. E mesmo que o encontrasse, como convenceria eu o Rabi tão desejado, por quem ricos e fortes suspiram, a que descesse através das cidades até esse ermo, para sarar um entrevadinho tão pobre, sobre enxerga tão rota?

A criança, com duas longas lágrimas na face magrinha, murmurou:

— Oh, mãe! Jesus ama todos os pequeninos. E eu ainda tão pequeno e com um mal tão pesado, e que tanto queria sarar!

E a mãe, em soluços:

— Oh, meu filho, como te posso deixar? Longas são as estradas da Galileia e curta a piedade dos homens. Tão rota, tão trôpega, tão triste, até os cães me ladrariam da porta dos casais. Ninguém atenderia o meu recado e me apontaria a morada do doce Rabi. Oh, filho! Talvez Jesus morresse... Nem mesmo os ricos e os fortes o encontram. O céu o trouxe, o céu o levou. E com ele para sempre morreu a esperança dos tristes.

Dentre os negros trapos, erguendo as suas pobres mãozinhas que tremiam, a criança murmurou:

— Mãe, eu queria ver Jesus...

E logo, abrindo devagar a porta e sorrindo, Jesus disse à criança:

— Aqui estou.

Conto 8

No moinho

D. Maria da Piedade era considerada em toda a vila como "uma senhora modelo". O velho Nunes, diretor do correio, sempre que se falava nela, dizia, acariciando com autoridade os quatro pelos da calva:

— É uma santa! É o que ela é!

A vila tinha quase orgulho na sua beleza delicada e tocante; era uma loura, de perfil fino, a pele ebúrnea, e os olhos escuros de um tom de violeta, a que as pestanas longas escureciam mais o brilho sombrio e doce. Morava ao fim da estrada, numa casa azul de três sacadas; e era, para a gente que às tardes ia fazer o giro até o moinho, um encanto sempre novo vê-la por trás da vidraça, entre as cortinas de cassa, curvada sobre a sua costura, vestida de preto, recolhida e séria. Poucas vezes saía. O marido, mais velho que ela, era um inválido, sempre de cama, inutilizado por uma doença de espinha; havia anos que não descia à rua; avistavam-no às vezes também à janela murcho e trôpego, agarrado à bengala, encolhido na *robe de chambre*, com uma face macilenta, a barba desleixada e com um barretinho de seda enterrado melancolicamente até o cachaço. Os filhos, duas rapariguitas e um rapaz, eram também doentes, crescendo pouco e com dificuldade, cheios de tumores nas orelhas, chorões e tristonhos. A casa, interiormente, parecia lúgubre. Andava-se nas pontas dos pés, porque o senhor, na excitação nervosa que lhe davam as insônias, irritava-se com o menor rumor; havia sobre as cômodas alguma garrafada da botica, alguma malga com papas de linhaça; as mesmas flores com que ela, no seu arranjo e no seu gosto de frescura, ornava as mesas, depressa murchavam naquele ar abafado de febre, nunca renovado por causa das correntes de ar; e era uma tristeza ver sempre algum dos pequenos ou de emplastro sobre a orelha, ou a um canto do canapé, embrulhado em cobertores com uma amarelidão de hospital.

Maria da Piedade vivia assim, desde os vinte anos. Mesmo em solteira em casa dos pais, a sua existência fora triste. A mãe era uma criatura desagradável e azeda; o pai, que se empenhara pelas tavernas e pelas batotas, já velho, sempre bêbedo, os dias que aparecia em casa passava-os à lareira, num silêncio sombrio, cachimbando e escarrando para as cinzas. Todas as semanas desancava a mulher. E quando João Coutinho pediu Maria em casamento, apesar de doente já, ela aceitou, sem hesitação, quase com reconhecimento, para salvar o casebre da penhora, não ouvir mais os gritos da mãe, que a faziam tremer, rezar, em cima no seu quarto, onde a chuva entrava pelo telhado. Não amava o marido, decerto; e mesmo na vila tinha-se lamentado que aquele lindo rosto de Virgem Maria, aquela figura de fada, fosse pertencer ao Joãozinho Coutinho, que desde rapaz fora sempre entrevado. O Coutinho, por morte do pai, ficara rico; e ela, acostumada por fim àquele marido rabugento, que passava o dia arrastando-se sombriamente da sala para a alcova, ter-se-ia resignado, na sua natureza de enfermeira e de consoladora, se os filhos ao menos tivessem nascido sãos e robustos. Mas aquela família que vinha com o sangue viciado, aquelas existências hesitantes, que depois pareciam apodrecer-lhe nas mãos, apesar dos seus cuidados inquietos, acabrunhavam-na. Às vezes só, picando a sua costura, corriam-lhe as lágrimas pela face: uma fadiga da vida invadia-a, como uma névoa que lhe escurecia a alma.

Mas se o marido de dentro chamava desesperado, ou um dos pequenos choramingava, lá limpava os olhos, lá aparecia com a sua bonita face tranquila, com alguma palavra consoladora, compondo a almofada a um, indo animar o outro, feliz em ser boa. Toda a sua ambição era ver o seu pequeno mundo bem tratado e bem acarinhado. Nunca tivera desde casada uma curiosidade, um desejo, um capricho: nada a interessava na terra senão as horas dos remédios e o sono dos seus doentes. Todo o esforço lhe era fácil quando era para os contentar; apesar de fraca, passeava horas trazendo ao colo o pequerrucho, que era o mais impertinente, com as feridas que faziam dos seus pobres beicinhos uma crosta escura; durante as insônias do marido não dormia também, sentada ao pé da cama, conversando, lendo-lhe as Vidas dos Santos, porque o pobre entrevado ia caindo em devoção. De manhã estava um pouco mais pálida, mas toda correta no seu vestido preto, fresca, com os bandós bem lustrosos, fazendo-se bonita para ir dar as sopas de leite aos pequerruchos. A sua única distração era à tarde sentar-se à janela com sua costura, e a pequenada em roda, aninhada no chão, brincando tristemente. A mesma paisagem que ela via da janela era tão monótona como a sua vida: embaixo a estrada, depois uma ondulação de campos, uma terra magra pintada aqui e além de oliveiras e, erguendo-se ao fundo, uma colina triste e nua, sem uma casa, uma árvore, um fumo de casal que pusesse naquela solidão de terreno pobre uma nota de humana e viva.

Vendo-a assim tão resignada e tão sujeita, algumas senhoras da vila afirmavam que ela era beata; todavia ninguém a avistava na igreja, a não ser ao domingo, com o pequerrucho mais velho pela mão, todo pálido no seu vestido de veludo azul. Com efeito, a sua devoção limitava-se a essa missa todas as semanas. A sua casa ocupava-a muito para se deixar invadir pelas preocupações do céu: naquele dever de boa mãe, cumprido com amor, encontrava uma satisfação suficiente à sua sensibilidade; não necessitava adorar santos ou enternecer-se com Jesus. Instintivamente mesmo pensava que toda a afeição excessiva dada ao Pai do Céu, todo o tempo gasto em se arrastar pelo confessionário ou junto do oratório, seria uma diminuição cruel no seu cuidado de enfermeira: a sua maneira de rezar era velar os filhos; e aquele pobre marido pregado numa cama, todo dependente dela, tendo-a só a ela, parecia-lhe ter mais direito ao seu fervor que o outro, pregado numa cruz, tendo para o amar toda uma humanidade pronta. Além disso, nunca tivera essas sentimentalidades de alma triste que levam à devoção. O seu longo hábito de dirigir uma casa de doentes, de ser ela o centro, a força, o amparo daqueles inválidos, tornara-a terna, mas prática: e assim era ela que administrava agora a casa do marido, com um bom senso que a afeição dirigira, uma solicitude de mãe próvida. Tais ocupações bastavam para entreter o seu dia; o marido, de resto, detestava visitas, o aspecto de caras saudáveis, as comiserações de cerimônia; e passavam-se meses sem que em casa de Maria da Piedade se ouvisse outra voz estranha à família, a não ser a do dr. Abílio — que a adorava, e que dizia dela com os olhos esgazeados:

— É uma fada! É uma fada!...

Foi por isso grande a excitação na casa, quando João Coutinho recebeu uma carta de seu primo Adrião, que lhe anunciava que em duas ou três semanas ia chegar à vila. Adrião era um homem célebre, e o marido da Maria da Piedade tinha naquele parente um orgulho enfático. Assinara mesmo um jornal de Lisboa, só para ver o seu nome nas locais e na crítica. Adrião era um romancista, e o seu último livro, *Madalena*, um estudo de mulher trabalhado a grande estilo, de uma análise delicada e sutil, consagrara-o como um mestre. A sua fama, que chegara até a vila, num vago de legenda, apresentava-o como uma personalidade interessante, um herói de Lisboa, amado das fidalgas, impetuoso e brilhante, destinado a uma alta situação no Estado. Mas realmente na vila era sobretudo notável por ser primo do João Coutinho.

D. Maria da Piedade ficou aterrada com essa visita. Via já a sua casa em confusão com a presença do hóspede extraordinário. Depois, a necessidade de fazer mais toalete, de alterar a hora do jantar, de conversar com um literato, e tantos outros esforços cruéis!... E a brusca invasão daquele mundano, com as suas malas, o fumo do seu charuto, a sua alegria de são, na paz triste do seu hospital, dava-lhe a impressão apavorada de uma profanação. Foi por isso um alívio, quase um reconhecimento, quando Adrião chegou, e muito simplesmente se instalou na antiga estalagem do tio André, à outra extremidade da vila. João Coutinho escandalizou-se: tinha já o quarto do hóspede preparado, com lençóis de rendas, uma colcha de damasco, pratas sobre a cômoda, e queria-o todo para si, o primo, o homem célebre, o grande autor... Adrião porém recusou:

— Eu tenho os meus hábitos, vocês têm os seus... Não nos contrariemos, hem?... O que faço é vir cá jantar. De resto, não estou mal no tio André... Vejo da janela um moinho e uma represa que são um quadrozinho delicioso... E ficamos amigos, não é verdade?

Maria da Piedade olhava-o assombrada: aquele herói, aquele fascinador por quem choravam mulheres, aquele poeta que os jornais glorificavam, era um sujeito extremamente simples, muito menos complicado, menos espetaculoso que o filho do recebedor! Nem formoso era: e com o seu chapéu desabado sobre uma face cheia e barbuda, a quinzena de flanela caindo à larga num corpo robusto e pequeno, os seus sapatos enormes, parecia-lhe a ela um dos caçadores de aldeia que às vezes encontrava, quando de mês a mês ia visitar as fazendas do outro lado do rio. Além disso, não fazia frases; e a primeira vez que veio jantar, falou apenas, com grande bonomia, dos seus negócios. Viera por eles. Da fortuna do pai, a única terra que não estava devorada, ou abominavelmente hipotecada, era a Curgossa, uma fazenda ao pé da vila, que andava além disso mal arrendada... O que ele desejava era vendê-la. Mas isso parecia-lhe a ele tão difícil, como fazer a *Ilíada*!... E lamentava sinceramente ver o primo ali, inútil sobre uma cama, sem o poder ajudar nesses passos a dar com os proprietários da vila. Foi por isso, com grande alegria, que ouviu João Coutinho declarar-lhe que a mulher era uma administradora de primeira ordem, e hábil nessas questões como um antigo rábula!...

— Ela vai contigo ver a fazenda, fala com o Teles, e arranja-te isso tudo... E na questão de preço, deixa-a a ela!...

— Mas que superioridade, prima! — exclamou Adrião maravilhado. — Um anjo que entende de cifras!

Pela primeira vez na sua existência Maria da Piedade corou com a palavra de um homem. De resto de um prontificou--se logo a ser procuradora do primo...

No outro dia foram ver a fazenda. Como ficava perto, e era um dia de março fresco e claro, partiram a pé. A princípio, acanhada por aquela companhia de um leão, a pobre senhora caminhava junto dele com o ar de um pássaro assustado: apesar de ele ser tão simples, havia na sua figura enérgica e musculosa, no timbre rico da sua voz, nos seus olhos pequenos e luzidios alguma coisa de forte, de dominante, que a enleava. Tinha-se-lhe prendido à orla do seu vestido um galho de silvado, e como ele se abaixara para o desprender delicadamente, o contato daquela mão branca e fina de artista na orla da sua saia incomodou-a singularmente. Apressava o passo para chegar bem depressa à fazenda, aviar o negócio com o Teles e voltar imediatamente a refugiar-se, como no seu elemento próprio, no ar abafado e triste do seu hospital. Mas a estrada estendia-se, branca e longa, sob o sol tépido — e a conversa de Adrião foi-a lentamente acostumando à sua presença.

Ele parecia desolado daquela tristeza da casa. Deu-lhe alguns bons conselhos: o que os pequenos necessitavam era ar, sol, uma outra vida diversa daquele abafamento de alcova...

Ela também assim o julgava: mas quê! O pobre João, sempre que se lhe falava de ir passar algum tempo à quinta, afligia-se terrivelmente: tinha horror aos grandes ares e aos grandes horizontes; a natureza forte fazia-o quase desmaiar; tornara-se um ser artificial, encafuado entre os cortinados da cama...

Ele então lamentou-a. Decerto poderia haver alguma satisfação num dever tão santamente cumprido... Mas, enfim, ela devia ter momentos em que desejasse alguma outra coisa além daquelas quatro paredes, impregnadas do bafo da doença...

— Que hei de eu desejar mais? — disse ela.

Adrião calou-se: pareceu-lhe absurdo supor que ela desejasse, realmente, o Chiado ou o Teatro da Trindade... No que ele pensava era noutros apetites, nas ambições do coração insatisfeito... Mas isso pareceu-lhe tão delicado, tão grave de dizer àquela criatura virginal e séria — que falou da paisagem...

— Já viu o moinho? — perguntou-lhe ela.

— Tenho vontade de o ver, se mo quiser ir mostrar, prima.

— Hoje é tarde.

Combinaram logo ir visitar esse recanto de verdura, que era o idílio da vila.

Na fazenda, a longa conversa com o Teles criou uma aproximação maior entre Adrião e Maria da Piedade. Aquela venda que ela discutia com uma astúcia de aldeã, punha entre eles como que um interesse comum. Ela falou-lhe já com menos reserva quando voltaram. Havia nas maneiras dele, de um respeito tocante, uma atração que a seu pesar a levava a revelar-se, a dar-lhe a sua confiança: nunca falara tanto a ninguém; a ninguém jamais deixara ver tanto da melancolia oculta que errava constantemente na sua alma. De resto, as suas queixas eram sobre a mesma dor — a tristeza do seu interior, as doenças, tantos cuidados graves... E vinha-lhe por ele uma simpatia, como um indefinido desejo de o ter sempre presente, desde que ele se tornava assim depositário das suas tristezas.

Adrião voltou para o seu quarto, na estalagem do André, impressionado, interessado por aquela criatura tão triste e tão doce. Ela destacava sobre o mundo de mulheres que até ali conhecera, como um perfil suave de anjo gótico entre fisionomias de mesa redonda. Tudo nela concordava deliciosamente: o ouro do cabelo, a doçura da voz, a modéstia na melancolia, a linha casta, fazendo um ser delicado e tocante, a que mesmo o seu pequenino espírito burguês, certo fundo rústico de aldeã e uma leve vulgaridade de hábitos davam um encanto: era um anjo que vivia há muito tempo numa vilota grosseira e estava por muitos lados preso às trivialidades do sítio: mas bastaria um sopro para o fazer remontar ao céu natural, aos cimos puros da sentimentalidade...

Achava absurdo e infame fazer a corte à prima... Mas involuntariamente pensava no delicioso prazer de fazer bater aquele coração que não estava deformado pelo espartilho, e de pôr enfim os seus lábios numa face onde não houvesse pós de arroz... E o que o tentava sobretudo era pensar que poderia percorrer toda a província em Portugal, sem encontrar nem aquela linha do corpo, nem aquela virgindade tocante de alma adormecida... era uma ocasião que não voltava.

O passeio ao moinho foi encantador. Era um recanto de natureza, digno de Corot, sobretudo à hora do meio-dia em que eles lá foram, com a frescura da verdura, a sombra recolhida das grandes árvores, e toda a sorte de murmúrios de água corrente, fugindo, reluzindo entre os musgos e as pedras, levando e espalhando no ar o frio da folhagem, da relva, por onde corriam cantando. O moinho era de um alto pitoresco, com a sua velha edificação de pedra secular, a sua roda enorme, quase podre, coberta de ervas, imóvel sobre a gelada limpidez da água escura. Adrião achou-o digno de uma cena de romance, ou, melhor, da morada de uma fada. Maria da Piedade não dizia nada, achando extraordinária aquela admiração pelo moinho abandonado do tio Costa. Como ela vinha um pouco cansada, sentaram-se numa escada desconjuntada de pedra, que mergulhava na água da represa os últimos degraus; e ali ficaram um momento calados, no encanto daquela frescura murmorosa, ouvindo as aves piarem nas ramas. Adrião via-a de perfil, um pouco curvada, esburacando com a ponteira do guarda-sol as ervas bravas que invadiam os degraus; era deliciosa assim, tão branca, tão loura, de uma linha tão pura sobre o fundo azul do ar; o seu chapéu era de mau gosto, o seu mantelete antiquado, mas ele achava nisso mesmo uma ingenuidade picante. O silêncio dos campos em redor isolava-os — e, insensivelmente, ele começou a falar-lhe baixo. Era ainda a mesma compaixão pela melancolia da sua existência naquela triste vila, pelo seu destino de enfermeira... Ela escutava-o de olhos baixos, pasmada de se achar ali tão só com aquele homem tão robusto, toda receosa e achando um sabor delicioso ao seu receio... Houve um momento em que ele falou do encanto de ficar ali para sempre na vila.

— Ficar aqui? Para quê? — perguntou ela, sorrindo.

— Para quê? Para isto, para estar sempre ao pé de si...

Ela cobriu-se de um rubor, o guarda-solinho escapou-lhe das mãos. Adrião receou tê-la ofendido e acrescentou logo rindo:

— Pois não era delicioso?... Eu podia alugar este moinho, fazer-me moleiro... A prima havia de me dar a sua freguesia...

Isso fê-la rir; era mais linda quando ria: tudo brilhava nela, os dentes, a pele, a cor do cabelo. Ele continuou gracejando, com o seu plano de se fazer moleiro e de ir pela estrada tocando o burro, carregado de sacas de farinha.

— E eu venho ajudá-lo, primo! — disse ela, animada pelo seu próprio riso, pela alegria daquele homem a seu lado.
— Vem? — exclamou ele. — Juro-lhe que me faço moleiro! Que paraíso, nós aqui ambos no moinho, ganhando alegremente a nossa vida, e ouvindo cantar esses melros!

Ela corou outra vez do fervor da sua voz e recuou como se ele fosse já arrebatá-la para o moinho. Mas Adrião agora, inflamado àquela ideia, pintava-lhe na sua palavra colorida toda uma vida romanesca, de uma felicidade idílica, naquele esconderijo de verdura: de manhã, a pé cedo, para o trabalho; depois o jantar na relva à beira de água; e à noite as boas palestras ali sentados, à claridade das estrelas ou sob a sombra cálida dos céus negros de verão...

E de repente, sem que ela resistisse, prendeu-a nos braços e beijou-a sobre os lábios, de um só beijo profundo e interminável. Ela tinha ficado contra o seu peito, branca, como morta: e duas lágrimas corriam-lhe ao comprido da face. Era assim tão dolorosa e fraca, que ele soltou-a; ela ergueu-se, apanhou o guarda-solinho e ficou diante dele, com o beicinho a tremer, murmurando:

— É malfeito... É malfeito...

Ele mesmo estava tão perturbado — que a deixou descer para o caminho: e daí a um momento, seguiam ambos calados para a vila. Foi só na estalagem que ele pensou: "Fui um tolo!"

Mas no fundo estava contente de sua generosidade. À noite foi a casa dela: encontrou-a com o pequerrucho no colo, lavando-lhe em água de malvas as feridas que ele tinha na perna. E então, pareceu-lhe odioso distrair aquela mulher dos seus doentes. De resto, um momento como aquele no moinho não voltaria. Seria absurdo ficar ali, naquele canto odioso da província, desmoralizando, a frio, uma boa mãe... A venda da fazenda estava concluída. Por isso, no dia seguinte, apareceu de tarde, a dizer-lhe adeus: partia à noitinha na diligência; encontrou-a na sala, à janela costumada, com a pequenada doente aninhada contra as suas saias... Ouviu que ele partia, sem lhe mudar a cor, sem lhe arfar o peito. Mas Adrião achou-lhe a palma da mão tão fria como um mármore; e quando ele saiu, Maria da Piedade ficou voltada para a janela, escondendo a face dos pequenos, olhando abstratamente a paisagem que escurecia, com as lágrimas, quatro a quatro, caindo-lhe na costura...

Amava-o. Desde os primeiros dias, a sua figura resoluta e forte, os seus olhos luzidios, toda a virilidade da sua pessoa se lhe tinham apossado da imaginação. O que a encantava nele não era o seu talento, nem a sua celebridade em Lisboa, nem as mulheres que o tinham amado: isso para ela aparecia-lhe vago e pouco compreensível; o que a fascinava era aquela seriedade, aquele ar honesto e são, aquela robustez de vida, aquela voz tão grave e tão rica; e antevia, para além da sua existência ligada a um inválido, outras existências possíveis, em que se não vê sempre diante dos olhos uma face fraca e moribunda, em que as noites se não passam a esperar as horas dos remédios... Era como uma rajada de ar impregnado de todas as forças vivas da natureza, que atravessava, subitamente, a sua alcova abafada: e ela respirava-a deliciosamente... Depois, tinha ouvido aquelas conversas em que ele se mostrava tão bom, tão sério, tão delicado; e à força do seu corpo, que admirava, juntava-se agora a um coração terno, de uma ternura varonil e forte, para a cativar... Esse amor latente invadiu-a, apoderou-se dela numa noite que lhe apareceu esta ideia, esta visão: "Se ele fosse meu marido!". Toda ela estremeceu, apertou desesperadamente os braços contra o peito, como confundindo-se com sua imagem evocada, prendendo-se a ela, refugiando-se na sua força... Depois ele deu-lhe aquele beijo no moinho.

E partira!

Então começou para Maria da Piedade uma existência de abandonada. Tudo de repente em volta dela — doença do marido, achaques dos filhos, tristezas do seu dia, sua costura — lhe pareceu lúgubre. Os seus deveres, agora que não punha neles toda a sua alma, eram-lhe pesados como fardos injustos. A sua vida representava-se-lhe como desgraça excepcional: não se revoltava ainda, mas tinha desses abatimentos, dessas súbitas fadigas de todo o seu ser, em que caía sobre a cadeira, com os braços pendentes, murmurando:

— Quando se acabará isto?

Refugiava-se então naquele amor como uma compensação deliciosa. Julgando-o todo puro, todo de alma, deixava-se penetrar dele e da sua lenta influência. Adrião tornara-se, na sua imaginação, como um ser de proporções extraordinárias, tudo o que é forte, e que é belo, e que dá razão à vida. Não quis que nada do que era dele ou vinha dele lhe fosse alheio. Leu todos os seus livros, sobretudo aquela *Madalena* que também amara, e morrera de um abandono. Essas leituras calmavam-na, davam-lhe como uma vaga satisfação ao desejo. Chorando as dores das heroínas de romance, parecia sentir alívio às suas.

Lentamente, essa necessidade de encher a imaginação desses lances de amor, de dramas infelizes, apoderou-se dela. Foi durante meses um devorar constante de romances. Ia-se assim criando no seu espírito um mundo artificial e idealizado. A realidade tornava-se-lhe odiosa, sobretudo sob aquele aspecto da sua casa, onde encontrava sempre agarrado às saias um ser enfermo. Vieram as primeiras revoltas. Tornou-se impaciente e áspera. Não suportava ser arrancada aos episódios sentimentais do seu livro, para ir ajudar a voltar o marido e sentir-lhe o hálito mau. Veio-lhe o nojo das garrafadas, dos emplastros, das feridas dos pequenos a lavar. Começou a ler versos. Passava horas só, num mutismo, à janela, tendo sob o seu olhar de virgem loura toda a rebelião de uma apaixonada. Acreditava nos amantes que escalam os balcões, entre o canto dos rouxinóis: e queria ser amada assim, possuída num mistério de noite romântica...

O seu amor desprendeu-se pouco a pouco da imagem de Adrião e alargou-se, estendeu-se a um ser vago que era feito de tudo o que a encantara nos heróis de novela; era um ente meio príncipe e meio facínora, que tinha, sobretudo, a força. Porque era isso que admirava, que queria, porque ansiava nas noites cálidas em que não podia dormir — dois braços fortes como aço, que a apertassem num abraço mortal, dois lábios de fogo que, num beijo, lhe chupassem a alma. Estava uma histérica.

Às vezes, ao pé do leito do marido, vendo diante de si aquele corpo de tísico, numa imobilidade de entrevado, vinha-lhe um ódio torpe, um desejo de lhe apressar a morte...

E no meio dessa excitação mórbida do temperamento irritado, eram fraquezas súbitas, sustos de ave que pousa, um grito ao ouvir bater uma porta, uma palidez de desmaio se havia na sala flores muito cheirosas... À noite abafava; abria a janela; mas o cálido ar, o bafo morno da terra aquecida do sol, enchiam-na de um desejo intenso, de uma ânsia voluptuosa, cortada de crises de choro...

A Santa tornava-se Vênus.

E o romantismo mórbido tinha penetrado tanto naquele ser, e desmoralizara-o tão profundamente, que chegou ao momento em que bastaria que um homem lhe tocasse, para ela lhe cair nos braços: e foi o que sucedeu, enfim, com o primeiro que a namorou, daí a dois anos. Era o praticante da botica.

Por causa dele escandalizou toda a vila. E agora deixa a casa numa desordem, os filhos sujos e ramelosos, em farrapos, sem comer até altas horas, o marido a gemer abandonado na sua alcova, toda a trapagem dos emplastros por cima das cadeiras, tudo num desamparo torpe — para andar atrás do homem, um maganão odioso e sebento, de cara balofa e gordalhufa, luneta preta com grossa fita passada atrás da orelha, e bonezinho de seda posto à catita. Vem de noite às entrevistas de chinelo de ourelo: cheira a suor; e pede-lhe dinheiro emprestado para sustentar uma Joana, criatura obesa, a quem chamam na vila "a bola de unto."

APÊNDICE

Contextualização da obra

O estilo literário de Eça de Queirós

Cristina Garófalo Porini

Este volume de Contos oferece um panorama da carreira de Eça de Queirós, autor que alterou profundamente a literatura portuguesa. Participante da Geração de 70, esteve ao lado de Antero de Quental, em Coimbra, ao defender a modernização de Portugal por meio das Conferências Democráticas do Cassino. Em tal ocasião, afirmou: "(...) O Romantismo era a apoteose do sentimento; o Realismo é a anatomia do caráter. É a crítica do homem. É a arte que nos pinta a nossos próprios olhos — para conhecermos, para que saibamos se somos verdadeiros ou falsos, para condenarmos o que houve de mau na sociedade".[1] Dessa maneira, o escritor defendeu a nova estética literária que já tomava conta da Europa: uma reação contrária aos preceitos românticos, sobretudo à idealização presente em tais obras.

Didaticamente, sua carreira literária é costumeiramente dividida pelos críticos em três fases: a primeira ainda demonstra traços românticos, como o gosto pelo grotesco, porém já adianta o estilo direto de escrita do autor; a segunda é a propriamente realista-naturalista, procurando retratar Portugal a fim de fazer com que a literatura desempenhe sua função social; por fim, a terceira traz o autor mais ameno, inclusive dedicando-se à temática cristã (vale ressaltar, afastado de qualquer dogma), preocupado com a justiça social e o nacionalismo. Em tal momento, ele pretendia que a elite

---

[1] Trecho do discurso proferido durante a 4ª Conferência do Cassino, realizada em Lisboa, em 1871.

portuguesa assumisse o controle a respeito das necessárias mudanças quanto à modernização do país.

Esta antologia apresenta oito contos, permitindo ao leitor uma visão bastante ampla da obra queirosiana. Abrange as mais variadas características, o que demonstra a pluralidade de Eça de Queirós: em relação ao tempo, viaja-se do então momento presente, retratado em "Um poeta lírico" e "Singularidades de uma rapariga loura", para a Antiguidade, em "O suave milagre", e para a Idade Média, em "O defunto". Quanto ao desenvolvimento de tópicos literários, o Realismo-Naturalismo não poderia faltar, e está presente em "O moinho"; no entanto, temáticas divergentes como o cristianismo, no já citado "O suave milagre", e o fantástico, em "O defunto", também se fazem presentes.

A título de curiosidade, algumas das presentes narrativas merecem comentários. "Civilização", o primeiro conto desta coletânea, deu origem, cerca de dez anos depois, a um dos mais consagrados romances de Eça de Queirós, *A cidade e as serras*. Além disso, "Singularidades de uma rapariga loura" foi adaptado para o cinema lusitano, dirigido por Manoel de Oliveira, em 2009; já o fantástico "O defunto" foi adaptado para a televisão em duas ocasiões. Finalmente, ao ler "Um dia de chuva", o leitor certamente estranhará o final abrupto da narrativa: trata-se de um conto inacabado, o qual sequer foi revisado pelo escritor.

Uma vez que os contos aqui selecionados foram escritos ao longo de toda sua carreira, percebe-se que, apesar de o autor ter vivido bastante tempo longe de Portugal, a postura crítica que ele sempre defendeu em relação à sociedade não perdeu a força; aliás, justamente esse afastamento físico permitiu que sua visão se tornasse mais objetiva e ácida. Por meio desse olhar, hoje é possível conhecer uma galeria de tipos do século XIX, em um retrato social panorâmico a respeito daquele momento — e, ao lado dos célebres Basílio, Luísa, Amaro, Maria Monforte, acrescentam-se o enfadonho padre Ribeiro, de "Um dia de chuva", a surpreendente Maria da Piedade, de "O moinho", o garçom grego Korriscosso, de "Um poeta lírico", assim como o paranoico marido ciumento

Dom Alonso, de "O defunto". Para tanto, as descrições são inúmeras, muitas vezes detalhistas e mesmo impressionistas – o que pode incomodar o leitor que espera um ritmo mais veloz da narrativa ou meramente objetivo; tais traços de subjetividade, em um período de obras marcadas pela objetividade, são um diferencial do escritor.

Tais informações ilustram como Eça de Queirós, autor plural, teve fôlego para que sua obra ainda se tornasse presente, mesmo após cerca de cem anos de sua morte. A maturidade literária — principalmente ao se arriscar afastar do Realismo-Naturalismo — e seu estilo o distanciaram dos demais autores contemporâneos a ele, imortalizando-o. Devido à maestria queirosiana, a ironia com que expôs a sociedade faz com que, ainda hoje, os leitores riam ou se indignem em diversas passagens de seus livros. A linguagem empregada por ele, direta e bastante próxima ao que se encontrava nas ruas, faz com que a leitura ganhe ritmo, e seus contos tornem-se fruto para distração e reflexão em pleno século XXI.

Sobre Eça de Queirós

José Maria Eça de Queirós nasceu em 25 de novembro de 1845, em Póvoa do Varzim, no distrito do Porto, Portugal. Seu pai, um carioca formado em Direito pela Universidade de Coimbra, registrou-o como filho de "mãe incógnita" (fato que comumente ocorria quando a mãe pertencia à classe social mais alta e não obtinha o consentimento familiar para o matrimônio); apenas quatro anos após o nascimento de Eça de Queirós, o casamento de seus pais ocorreu, cerca de uma semana depois da morte de sua avó. Por esse motivo, o autor viveu seus quatro primeiros anos sob os cuidados de uma ama; em seguida, foi enviado a um internato, de onde saiu aos dezesseis anos — quando se mudou para Coimbra, a fim de cursar Direito. Vale lembrar que nesse momento ele fez amizade com Antero de Quental, o estudante responsável pelo início da Questão Coimbrã — da qual Eça de Queirós não participou ativamente.

Após se formar, Eça de Queirós exerceu atividades ligadas ao Direito e ao Jornalismo em Lisboa. Nos primeiros anos de carreira, viajou para o Oriente, o que lhe possibilitou conhecer a Palestina e assistir à inauguração do Canal de Suez, no Egito — fonte para seu livro *A relíquia* e a sequência de contos "Um milagre", "Outro amável milagre" e "O suave milagre". Ao retornar a Portugal, sua carreira política foi iniciada (momento em que *O crime do padre Amaro* foi escrito); logo se tornou cônsul em Cuba, Inglaterra e França. Eça de Queirós lia e escrevia avidamente e, mesmo distante fisicamente, colaborava para a imprensa portuguesa, assim como redigia contos e seus grandes romances, como *O primo Basílio*, *Os Maias* e *A ilustre casa de Ramires*.

Casou-se apenas aos quarenta anos, já falido financeiramente e com problemas de saúde relacionados à vida boêmia de que sempre desfrutou. Teve quatro filhos, e, bastante debilitado, ainda escreveu *A cidade e as serras*, obra cuja revisão pelo próprio autor não passou das primeiras cento e vinte páginas. "O Senhor das Palavras", título do mais importante escritor de ficção portuguesa, faleceu aos cinquenta e quatro anos, em Paris, após trocar incessantemente de médicos e cidades europeias, à procura da cura para os diversos males que lhe afligiam.

Questionário*

1. Sobre "Civilização", relacione o episódio do fonógrafo com o modo de vida de Jacinto no Jasmineiro.

2. Ainda sobre "Civilização", relacione as frases mencionadas por Jacinto ("que maçada!" e "está ótimo!") com a tese defendida no conto a respeito da felicidade humana.

3. Sobre "José Matias", relacione as formas de amor personificadas em José Matias e Elisa com os estilos literários a que

---

* Professores podem obter o gabarito das questões desta seção, entrando em contato com o nosso departamento editorial.

mais se aproximam. Justifique sua resposta com elementos do texto.

4. Qual é a singularidade de Luísa, em "Singularidades de uma rapariga loura"? Relacione com o estilo literário realista, justificando sua resposta com elementos do texto.

5. Qual relação pode ser traçada entre Korriscosso, de "Um poeta lírico", e o ambiente em que se desenvolve o enredo do conto?

6. Ainda sobre "Um poeta lírico", dê uma interpretação plausível para o fato de Korriscosso insistir em escrever para a amada em grego.

7. Relacione o título "O defunto" ao gênero de conto escrito por Eça de Queirós.

8. O que há em comum entre as figuras de José Ernesto, personagem de "Um dia de chuva", e Jacinto, do conto "Civilização", e os ambientes em que as narrativas se situam?

9. Leia o seguinte excerto de "Um suave milagre":

> Um dia, um mendigo entrou no casebre, repartiu do seu farnel com a mãe amargurada, e um momento sentado na pedra da lareira, coçando as feridas das pernas, contou dessa grande esperança dos tristes, esse Rabi que aparecera na Galileia, e de um pão no mesmo cesto fazia sete, e amava todas as criancinhas, e enxugava todos os prantos, e prometia aos pobres um grande e luminoso reino, de abundância maior que a corte de Salomão. A mulher escutava com olhos famintos. E esse doce Rabi, esperança dos tristes, onde se encontrava? O mendigo suspirou.

Uma das características mais marcantes da obra queirosiana é a adjetivação inovadora. Com base no excerto apresentado, destaque um trecho em que tal técnica ocorre, interpretando-o.

10. Relacione o título "No moinho" ao enredo de tal conto.

Relação dos Volumes Publicados

1. Dom Casmurro — Machado de Assis
2. O Príncipe — Maquiavel
3. Mensagem — Fernando Pessoa
4. O Lobo do Mar — Jack London
5. A Arte da Prudência — Baltasar Gracián
6. Iracema / Cinco Minutos — José de Alencar
7. Inocência — Visconde de Taunay
8. A Mulher de 30 Anos — Honoré de Balzac
9. A Moreninha — Joaquim Manuel de Macedo
10. A Escrava Isaura — Bernardo Guimarães
11. As Viagens - "Il Milione" — Marco Polo
12. O Retrato de Dorian Gray — Oscar Wilde
13. A Volta ao Mundo em 80 Dias — Júlio Verne
14. A Carne — Júlio Ribeiro
15. Amor de Perdição — Camilo Castelo Branco
16. Sonetos — Luís de Camões
17. O Guarani — José de Alencar
18. Memórias Póstumas de Brás Cubas — Machado de Assis
19. Lira dos Vinte Anos — Alvares de Azevedo
20. Apologia de Sócrates / Banquete — Platão
21. A Metamorfose/Um Artista da Fome/Carta ao Pai — Franz Kafka
22. Assim Falou Zaratustra — Friedrich Nietzsche
23. Triste Fim de Policarpo Quaresma — Lima Barreto
24. A Ilustre Casa de Ramires — Eça de Queirós
25. Memórias de um Sargento de Milícias — Manuel Antônio de Almeida
26. Robinson Crusoé — Daniel Defoe
27. Espumas Flutuantes — Castro Alves
28. O Ateneu — Raul Pompeia
29. O Noviço / O Juiz de Paz da Roça / Quem Casa Quer Casa — Martins Pena
30. A Relíquia — Eça de Queirós
31. O Jogador — Dostoiévski
32. Histórias Extraordinárias — Edgar Allan Poe
33. Os Lusíadas — Luís de Camões
34. As Aventuras de Tom Sawyer — Mark Twain
35. Bola de Sebo e Outros Contos — Guy de Maupassant
36. A República — Platão
37. Elogio da Loucura — Erasmo de Rotterdam
38. Caninos Brancos — Jack London
39. Hamlet — William Shakespeare
40. A Utopia — Thomas More
41. O Processo — Franz Kafka
42. O Médico e o Monstro — Robert Louis Stevenson
43. Ecce Homo — Friedrich Nietzsche
44. O Manifesto do Partido Comunista — Marx e Engels
45. Discurso do Método / Regras para a Direção do Espírito — René Descartes
46. Do Contrato Social — Jean-Jacques Rousseau
47. A Luta pelo Direito — Rudolf von Ihering
48. Dos Delitos e das Penas — Cesare Beccaria
49. A Ética Protestante e o Espírito do Capitalismo — Max Weber
50. O Anticristo — Friedrich Nietzsche
51. Os Sofrimentos do Jovem Werther — Goethe
52. As Flores do Mal — Charles Baudelaire
53. Ética a Nicômaco — Aristóteles
54. A Arte da Guerra — Sun Tzu
55. Imitação de Cristo — Tomás de Kempis
56. Cândido ou o Otimismo — Voltaire
57. Rei Lear — William Shakespeare
58. Frankenstein — Mary Shelley
59. Quincas Borba — Machado de Assis
60. Fedro — Platão
61. Política — Aristóteles
62. A Viuvinha / Encarnação — José de Alencar
63. As Regras do Método Sociológico — Emile Durkheim
64. O Cão dos Baskervilles — Sir Arthur Conan Doyle
65. Contos Escolhidos — Machado de Assis
66. Da Morte / Metafísica do Amor / Do Sofrimento do Mundo — Arthur Schopenhauer
67. As Minas do Rei Salomão — Henry Rider Haggard
68. Manuscritos Econômico-Filosóficos — Karl Marx
69. Um Estudo em Vermelho — Sir Arthur Conan Doyle
70. Meditações — Marco Aurélio
71. A Vida das Abelhas — Maurice Materlinck
72. O Cortiço — Aluísio Azevedo
73. Senhora — José de Alencar
74. Brás, Bexiga e Barra Funda / Laranja da China — Antônio de Alcântara Machado
75. Eugênia Grandet — Honoré de Balzac
76. Contos Gauchescos — João Simões Lopes Neto
77. Esaú e Jacó — Machado de Assis
78. O Desespero Humano — Sören Kierkegaard
79. Dos Deveres — Cícero
80. Ciência e Política — Max Weber
81. Satíricon — Petrônio
82. Eu e Outras Poesias — Augusto dos Anjos
83. Farsa de Inês Pereira / Auto da Barca do Inferno / Auto da Alma — Gil Vicente
84. A Desobediência Civil e Outros Escritos — Henry David Toreau
85. Para Além do Bem e do Mal — Friedrich Nietzsche
86. A Ilha do Tesouro — R. Louis Stevenson
87. Marília de Dirceu — Tomás A. Gonzaga
88. As Aventuras de Pinóquio — Carlo Collodi
89. Segundo Tratado Sobre o Governo — John Locke
90. Amor de Salvação — Camilo Castelo Branco
91. Broquéis/Faróis/Últimos Sonetos — Cruz e Souza
92. I-Juca-Pirama / Os Timbiras / Outros Poemas — Gonçalves Dias
93. Romeu e Julieta — William Shakespeare
94. A Capital Federal — Arthur Azevedo
95. Diário de um Sedutor — Sören Kierkegaard
96. Carta de Pero Vaz de Caminha a El-Rei Sobre o Achamento do Brasil
97. Casa de Pensão — Aluísio Azevedo
98. Macbeth — William Shakespeare

99. ÉDIPO REI/ANTÍGONA
    Sófocles
100. LUCÍOLA
    José de Alencar
101. AS AVENTURAS DE
    SHERLOCK HOLMES
    Sir Arthur Conan Doyle
102. BOM-CRIOULO
    Adolfo Caminha
103. HELENA
    Machado de Assis
104. POEMAS SATÍRICOS
    Gregório de Matos
105. ESCRITOS POLÍTICOS /
    A ARTE DA GUERRA
    Maquiavel
106. UBIRAJARA
    José de Alencar
107. DIVA
    José de Alencar
108. EURICO, O PRESBÍTERO
    Alexandre Herculano
109. OS MELHORES CONTOS
    Lima Barreto
110. A LUNETA MÁGICA
    Joaquim Manuel de Macedo
111. FUNDAMENTAÇÃO DA METAFÍSICA
    DOS COSTUMES E OUTROS
    ESCRITOS
    Immanuel Kant
112. O PRÍNCIPE E O MENDIGO
    Mark Twain
113. O DOMÍNIO DE SI MESMO PELA
    AUTO-SUGESTÃO CONSCIENTE
    Émile Coué
114. O MULATO
    Aluísio Azevedo
115. SONETOS
    Florbela Espanca
116. UMA ESTADIA NO INFERNO /
    POEMAS / CARTA DO VIDENTE
    Arthur Rimbaud
117. VÁRIAS HISTÓRIAS
    Machado de Assis
118. FÉDON
    Platão
119. POESIAS
    Olavo Bilac
120. A CONDUTA PARA A VIDA
    Ralph Waldo Emerson
121. O LIVRO VERMELHO
    Mao Tsé-Tung
122. ORAÇÃO AOS MOÇOS
    Rui Barbosa
123. OTELO, O MOURO DE VENEZA
    William Shakespeare
124. ENSAIOS
    Ralph Waldo Emerson
125. DE PROFUNDIS / BALADA
    DO CÁRCERE DE READING
    Oscar Wilde
126. CRÍTICA DA RAZÃO PRÁTICA
    Immanuel Kant
127. A ARTE DE AMAR
    Ovídio Naso
128. O TARTUFO OU O IMPOSTOR
    Molière
129. METAMORFOSES
    Ovídio Naso
130. A GAIA CIÊNCIA
    Friedrich Nietzsche
131. O DOENTE IMAGINÁRIO
    Molière
132. UMA LÁGRIMA DE MULHER
    Aluísio Azevedo
133. O ÚLTIMO ADEUS DE
    SHERLOCK HOLMES
    Sir Arthur Conan Doyle
134. CANUDOS - DIÁRIO DE UMA
    EXPEDIÇÃO
    Euclides da Cunha
135. A DOUTRINA DE BUDA
    Siddharta Gautama
136. TAO TE CHING
    Lao-Tsé
137. DA MONARQUIA / VIDA NOVA
    Dante Alighieri
138. A BRASILEIRA DE PRAZINS
    Camilo Castelo Branco
139. O VELHO DA HORTA/QUEM TEM
    FARELOS?/AUTO DA ÍNDIA
    Gil Vicente
140. O SEMINARISTA
    Bernardo Guimarães
141. O ALIENISTA / CASA VELHA
    Machado de Assis
142. SONETOS
    Manuel du Bocage
143. O MANDARIM
    Eça de Queirós
144. NOITE NA TAVERNA / MACÁRIO
    Álvares de Azevedo
145. VIAGENS NA MINHA TERRA
    Almeida Garrett
146. SERMÕES ESCOLHIDOS
    Padre Antonio Vieira
147. OS ESCRAVOS
    Castro Alves
148. O DEMÔNIO FAMILIAR
    José de Alencar
149. A MANDRÁGORA /
    BELFAGOR, O ARQUIDIABO
    Maquiavel
150. O HOMEM
    Aluísio Azevedo
151. ARTE POÉTICA
    Aristóteles
152. A MEGERA DOMADA
    William Shakespeare
153. ALCESTE/ELECTRA/HIPÓLITO
    Eurípedes
154. O SERMÃO DA MONTANHA
    Huberto Rohden
155. O CABELEIRA
    Franklin Távora
156. RUBÁIYÁT
    Omar Khayyám
157. LUZIA-HOMEM
    Domingos Olímpio
158. A CIDADE E AS SERRAS
    Eça de Queirós
159. A RETIRADA DA LAGUNA
    Visconde de Taunay
160. A VIAGEM AO CENTRO DA TERRA
    Júlio Verne
161. CARAMURU
    Frei Santa Rita Durão
162. CLARA DOS ANJOS
    Lima Barreto
163. MEMORIAL DE AIRES
    Machado de Assis
164. BHAGAVAD GITA
    Krishna
165. O PROFETA
    Khalil Gibran
166. AFORISMOS
    Hipócrates
167. KAMA SUTRA
    Vatsyayana
168. HISTÓRIAS DE MOWGLI
    Rudyard Kipling
169. DE ALMA PARA ALMA
    Huberto Rohden
170. ORAÇÕES
    Cícero
171. SABEDORIA DAS PARÁBOLAS
    Huberto Rohden
172. SALOMÉ
    Oscar Wilde
173. DO CIDADÃO
    Thomas Hobbes
174. PORQUE SOFREMOS
    Huberto Rohden
175. EINSTEIN: O ENIGMA DO UNIVERSO
    Huberto Rohden
176. A MENSAGEM VIVA DO CRISTO
    Huberto Rohden
177. MAHATMA GANDHI
    Huberto Rohden
178. A CIDADE DO SOL
    Tommaso Campanella
179. SETAS PARA O INFINITO
    Huberto Rohden
180. A VOZ DO SILÊNCIO
    Helena Blavatsky
181. FREI LUÍS DE SOUSA
    Almeida Garrett
182. FÁBULAS
    Esopo
183. CÂNTICO DE NATAL/
    OS CARRILHÕES
    Charles Dickens
184. CONTOS
    Eça de Queirós
185. O PAI GORIOT
    Honoré de Balzac
186. NOITES BRANCAS
    E OUTRAS HISTÓRIAS
    Dostoiévski
187. MINHA FORMAÇÃO
    Joaquim Nabuco
188. PRAGMATISMO
    William James
189. DISCURSOS FORENSES
    Enrico Ferri
190. MEDEIA
    Eurípedes
191. DISCURSOS DE ACUSAÇÃO
    Enrico Ferri
192. A IDEOLOGIA ALEMÃ
    Marx & Engels
193. PROMETEU ACORRENTADO
    Ésquilo
194. IAIÁ GARCIA
    Machado de Assis
195. DISCURSOS NO INSTITUTO DOS
    ADVOGADOS BRASILEIROS /
    DISCURSO NO COLÉGIO
    ANCHIETA
    Rui Barbosa
196. ÉDIPO EM COLONO
    Sófocles
197. A ARTE DE CURAR PELO ESPÍRITO
    Joel S. Goldsmith
198. JESUS, O FILHO DO HOMEM
    Khalil Gibran
199. DISCURSO SOBRE A ORIGEM E
    OS FUNDAMENTOS DA DESIGUAL-
    DADE ENTRE OS HOMENS
    Jean-Jacques Rousseau
200. FÁBULAS
    La Fontaine
201. O SONHO DE UMA NOITE
    DE VERÃO
    William Shakespeare

202. MAQUIAVEL, O PODER
   José Nivaldo Junior
203. RESSURREIÇÃO
   Machado de Assis
204. O CAMINHO DA FELICIDADE
   Huberto Rohden
205. A VELHICE DO PADRE ETERNO
   Guerra Junqueiro
206. O SERTANEJO
   José de Alencar
207. GITANJALI
   Rabindranath Tagore
208. SENSO COMUM
   Thomas Paine
209. CANAÃ
   Graça Aranha
210. O CAMINHO INFINITO
   Joel S. Goldsmith
211. PENSAMENTOS
   Epicuro
212. A LETRA ESCARLATE
   Nathaniel Hawthorne
213. AUTOBIOGRAFIA
   Benjamin Franklin
214. MEMÓRIAS DE
   SHERLOCK HOLMES
   Sir Arthur Conan Doyle
215. O DEVER DO ADVOGADO /
   POSSE DE DIREITOS PESSOAIS
   Rui Barbosa
216. O TRONCO DO IPÊ
   José de Alencar
217. O AMANTE DE LADY
   CHATTERLEY
   D. H. Lawrence
218. CONTOS AMAZÔNICOS
   Inglês de Souza
219. A TEMPESTADE
   William Shakespeare
220. ONDAS
   Euclides da Cunha
221. EDUCAÇÃO DO HOMEM
   INTEGRAL
   Huberto Rohden
222. NOVOS RUMOS PARA A
   EDUCAÇÃO
   Huberto Rohden
223. MULHERZINHAS
   Louise May Alcott
224. A MÃO E A LUVA
   Machado de Assis
225. A MORTE DE IVAN ILICHT
   / SENHORES E SERVOS
   Leon Tolstói
226. ÁLCOOIS E OUTROS POEMAS
   Apollinaire
227. PAIS E FILHOS
   Ivan Turguêniev
228. ALICE NO PAÍS DAS
   MARAVILHAS
   Lewis Carroll
229. À MARGEM DA HISTÓRIA
   Euclides da Cunha
230. VIAGEM AO BRASIL
   Hans Staden
231. O QUINTO EVANGELHO
   Tomé
232. LORDE JIM
   Joseph Conrad
233. CARTAS CHILENAS
   Tomás Antônio Gonzaga
234. ODES MODERNAS
   Anntero de Quental
235. DO CATIVEIRO BABILÔNICO
   DA IGREJA
   Martinho Lutero
236. O CORAÇÃO DAS TREVAS
   Joseph Conrad
237. THAIS
   Anatole France
238. ANDRÔMACA / FEDRA
   Racine
239. AS CATILINÁRIAS
   Cícero
240. RECORDAÇÕES DA CASA
   DOS MORTOS
   Dostoiévski
241. O MERCADOR DE VENEZA
   William Shakespeare
242. A FILHA DO CAPITÃO /
   A DAMA DE ESPADAS
   Aleksandr Púchkin
243. ORGULHO E PRECONCEITO
   Jane Austen
244. A VOLTA DO PARAFUSO
   Henry James
245. O GAÚCHO
   José de Alencar
246. TRISTÃO E ISOLDA
   Lenda Medieval Celta de Amor
247. POEMAS COMPLETOS DE
   ALBERTO CAEIRO
   Fernando Pessoa
248. MAIAKÓSVNSKI
   Vida e Poesia
249. SONETOS
   William Shakespeare
250. POESIA DE RICARDO REIS
   Fernando Pessoa
251. PAPÉIS AVULSOS
   Machado de Assis
252. CONTOS FLUMINENSES
   Machado de Assis
253. O BOBO
   Alexandre Herculano
254. A ORAÇÃO DA COROA
   Demóstenes
255. O CASTELO
   Franz Kafka
256. O TROVEJAR DO SILÊNCIO
   Joel S. Goldsmith
257. ALICE NA CASA DOS ESPELHOS
   Lewis Carrol
258. MISÉRIA DA FILOSOFIA
   Karl Marx
259. JÚLIO CÉSAR
   William Shakespeare
260. ANTÔNIO E CLEÓPATRA
   William Shakespeare
261. FILOSOFIA DA ARTE
   Huberto Rohden
262. A ALMA ENCANTADORA
   DAS RUAS
   João do Rio
263. A NORMALISTA
   Adolfo Caminha
264. POLLYANNA
   Eleanor H. Porter
265. AS PUPILAS DO SENHOR REITOR
   Júlio Diniz
266. AS PRIMAVERAS
   Casimiro de Abreu
267. FUNDAMENTOS DO DIREITO
   Léon Duguit
268. DISCURSOS DE METAFÍSICA
   G. W. Leibniz
269. SOCIOLOGIA E FILOSOFIA
   Émile Durkheim
270. CANCIONEIRO
   Fernando Pessoa
271. A DAMA DAS CAMÉLIAS
   Alexandre Dumas (filho)
272. O DIVÓRCIO /
   AS BASES DA FÉ /
   E OUTROS TEXTOS
   Rui Barbosa
273. POLLYANNA MOÇA
   Eleanor H. Porter
274. O 18 BRUMÁRIO DE
   LUÍS BONAPARTE
   Karl Marx
275. TEATRO DE MACHADO DE ASSIS
   Antologia
276. CARTAS PERSAS
   Montesquieu
277. EM COMUNHÃO COM DEUS
   Huberto Rohden
278. RAZÃO E SENSIBILIDADE
   Jane Austen
279. CRÔNICAS SELECIONADAS
   Machado de Assis
280. HISTÓRIAS DA MEIA-NOITE
   Machado de Assis
281. CYRANO DE BERGERAC
   Edmond Rostand
282. O MARAVILHOSO MÁGICO DE OZ
   L. Frank Baum
283. TROCANDO OLHARES
   Florbela Espanca
284. O PENSAMENTO FILOSÓFICO
   DA ANTIGUIDADE
   Huberto Rohden
285. FILOSOFIA CONTEMPORÂNEA
   Huberto Rohden
286. O ESPÍRITO DA FILOSOFIA
   ORIENTAL
   Huberto Rohden
287. A PELE DO LOBO /
   O BADEJO / O DOTE
   Artur Azevedo
288. OS BRUZUNDANGAS
   Lima Barreto
289. A PATA DA GAZELA
   José de Alencar
290. O VALE DO TERROR
   Sir Arthur Conan Doyle
291. O SIGNO DOS QUATRO
   Sir Arthur Conan Doyle
292. AS MÁSCARAS DO DESTINO
   Florbela Espanca
293. A CONFISSÃO DE LÚCIO
   Mário de Sá-Carneiro
294. FALENAS
   Machado de Assis
295. O URAGUAI /
   A DECLAMAÇÃO TRÁGICA
   Basílio da Gama
296. CRISÁLIDAS
   Machado de Assis
297. AMERICANAS
   Machado de Assis
298. A CARTEIRA DE MEU TIO
   Joaquim Manuel de Macedo
299. CATECISMO DA FILOSOFIA
   Huberto Rohden
300. APOLOGIA DE SÓCRATES
   Platão (Edição bilingue)
301. RUMO À CONSCIÊNCIA CÓSMICA
   Huberto Rohden
302. COSMOTERAPIA
   Huberto Rohden
303. BODAS DE SANGUE
   Federico García Lorca
304. DISCURSO DA SERVIDÃO
   VOLUNTÁRIA
   Étienne de La Boétie

305. CATEGORIAS
Aristóteles

306. MANON LESCAUT
Abade Prévost

307. TEOGONIA /
TRABALHO E DIAS
Hesíodo

308. AS VÍTIMAS-ALGOZES
Joaquim Manuel de Macedo

309. PERSUASÃO
Jane Austen

310. AGOSTINHO - Huberto Rohden

311. ROTEIRO CÓSMICO
Huberto Rohden

312. A QUEDA DUM ANJO
Camilo Castelo Branco

313. O CRISTO CÓSMICO E OS
ESSÊNIOS - Huberto Rohden

314. METAFÍSICA DO CRISTIANISMO
Huberto Rohden

315. REI ÉDIPO - Sófocles

316. LIVRO DOS PROVÉRBIOS
Salomão

317. HISTÓRIAS DE HORROR
Howard Phillips Lovecraft

318. O LADRÃO DE CASACA
Maurice Leblanc

319. TIL
José de Alencar

SÉRIE OURO
(Livros com mais de 400 p.)

1. LEVIATÃ
Thomas Hobbes

2. A CIDADE ANTIGA
Fustel de Coulanges

3. CRÍTICA DA RAZÃO PURA
Immanuel Kant

4. CONFISSÕES
Santo Agostinho

5. OS SERTÕES
Euclides da Cunha

6. DICIONÁRIO FILOSÓFICO
Voltaire

7. A DIVINA COMÉDIA
Dante Alighieri

8. ÉTICA DEMONSTRADA À
MANEIRA DOS GEÔMETRAS
Baruch de Spinoza

9. DO ESPÍRITO DAS LEIS
Montesquieu

10. O PRIMO BASÍLIO
Eça de Queirós

11. O CRIME DO PADRE AMARO
Eça de Queirós

12. CRIME E CASTIGO
Dostoiévski

13. FAUSTO
Goethe

14. O SUICÍDIO
Émile Durkheim

15. ODISSEIA
Homero

16. PARAÍSO PERDIDO
John Milton

17. DRÁCULA
Bram Stoker

18. ILÍADA
Homero

19. AS AVENTURAS DE
HUCKLEBERRY FINN
Mark Twain

20. PAULO – O 13º APÓSTOLO
Ernest Renan

21. ENEIDA
Virgílio

22. PENSAMENTOS
Blaise Pascal

23. A ORIGEM DAS ESPÉCIES
Charles Darwin

24. VIDA DE JESUS
Ernest Renan

25. MOBY DICK
Herman Melville

26. OS IRMÃOS KARAMAZOVI
Dostoiévski

27. O MORRO DOS VENTOS
UIVANTES
Emily Brontë

28. VINTE MIL LÉGUAS
SUBMARINAS
Júlio Verne

29. MADAME BOVARY
Gustave Flaubert

30. O VERMELHO E O NEGRO
Stendhal

31. OS TRABALHADORES DO MAR
Victor Hugo

32. A VIDA DOS DOZE CÉSARES
Suetônio

33. O MOÇO LOIRO
Joaquim Manuel de Macedo

34. O IDIOTA
Dostoiévski

35. PAULO DE TARSO
Huberto Rohden

36. O PEREGRINO
John Bunyan

37. AS PROFECIAS
Nostradamus

38. NOVO TESTAMENTO
Huberto Rohden

39. O CORCUNDA DE NOTRE DAME
Victor Hugo

40. ARTE DE FURTAR
Anônimo do século XVII

41. GERMINAL
Émile Zola

42. FOLHAS DE RELVA
Walt Whitman

43. BEN-HUR — UMA HISTÓRIA
DOS TEMPOS DE CRISTO
Lew Wallace

44. OS MAIAS
Eça de Queirós

45. O LIVRO DA MITOLOGIA
Thomas Bulfinch

46. OS TRÊS MOSQUETEIROS
Alexandre Dumas

47. POESIA DE
ÁLVARO DE CAMPOS
Fernando Pessoa

48. JESUS NAZARENO
Huberto Rohden

49. GRANDES ESPERANÇAS
Charles Dickens

50. A EDUCAÇÃO SENTIMENTAL
Gustave Flaubert

51. O CONDE DE MONTE CRISTO
(VOLUME I)
Alexandre Dumas

52. O CONDE DE MONTE CRISTO
(VOLUME II)
Alexandre Dumas

53. OS MISERÁVEIS (VOLUME I)
Victor Hugo

54. OS MISERÁVEIS (VOLUME II)
Victor Hugo

55. DOM QUIXOTE DE
LA MANCHA (VOLUME I)
Miguel de Cervantes

56. DOM QUIXOTE DE
LA MANCHA (VOLUME II)
Miguel de Cervantes

57. AS CONFISSÕES
Jean-Jacques Rousseau

58. CONTOS ESCOLHIDOS
Artur Azevedo

59. AS AVENTURAS DE ROBIN HOOD
Howard Pyle

60. MANSFIELD PARK
Jane Austen